DISNEY DESCENDENTES 2

LIVRO OFICIAL DO FILME

CB015615

São Paulo
2018

Grupo Editorial
UNIVERSO DOS LIVROS

© 2017 by Universo dos Livros
Todos os direitos reservados e protegidos pela Lei 9.610 de 19/02/1998.

DIRETOR EDITORIAL

Luis Matos

EDITORA-CHEFE

Marcia Batista

ASSISTENTES EDITORIAIS

Aline Graça, Letícia Nakamura e Raquel F. Abranches

TRADUÇÃO

Mauricio Tamboni

PREPARAÇÃO

Luís Protásio

REVISÃO

Cely Couto, Francisco Sória e Giacomo Leone Neto

ARTE

Aline Maria e Valdinei Gomes

Dados Internacionais de Catalogação na Publicação (CIP)
Angélica Ilacqua CRB-8/7057

D473

Descendentes 2 : livro oficial do filme / [Eric Geron ; tradução de Mauricio Tamboni]. — São Paulo : Universo dos Livros, 2018.
208 p.

ISBN: 978-85-503-0216-4
Título original: *Descendants 2*

1. Literatura infantojuvenil I. Geron, Eric II. Tamboni, Mauricio

18-0602   CDD 028.5

Universo dos Livros Editora Ltda.
Rua do Bosque, 1589 – Bloco 2 – Conj. 603/606
CEP 01136-001 – Barra Funda – São Paulo/SP
Telefone/Fax: (11) 3392-3336
www.universodoslivros.com.br
e-mail: editor@universodoslivros.com.br
Siga-nos no Twitter: @univdoslivros

Aos meus queridos Filhos de Vilões
por me acompanharem até a Ilha e de volta.

1

AQUI É MAL FALANDO. LEMBRA-SE DE MIM?

PARA AQUELES QUE NÃO SE LEMBRAM: SOU A FILHA DA BRUXA MALVADA MALÉVOLA. MAS AH, O FATO DE EU SER FILHA DE UMA VILÃ MALVADA, NÃO QUER DIZER QUE ESTEJA SEGUINDO OS PASSOS TERRÍVEIS DA MINHA MÃE. BEM, ACHO QUE PASSOS "MINÚSCULOS" SERIA UMA DESCRIÇÃO MAIS APROPRIADA - AFINAL, MINHA MÃE FICOU MAIS LENTA DESDE QUE SE TRANSFORMOU EM UM DRAGÃO QUE COSPE FOGO BEM DIANTE DE MIM E DE MEUS AMIGOS E ACABOU ENCOLHENDO E FICANDO DO TAMANHO DO AMOR EM SEU CORAÇÃO. CASO NÃO TENHA FICADO CLARO PARA

VOCÊ: ELA NÃO TEM EXATAMENTE UM AMOR GIGANTE EM SEU CORAÇÃO. QUE CHOQUE ENORME. EU E MEUS AMIGOS PERCEBEMOS QUE NÃO TEMOS QUE SER VILÕES COMO NOSSOS PAIS. ESCOLHEMOS SER BONS, E NÃO MAUS (CHOQUE ENORME, *DE VERDADE*), E O REI BEN E EU TIVEMOS UM FINAL FELIZ.

VOCÊ NÃO PENSOU QUE ESSE SERIA O FIM DA HISTÓRIA, PENSOU?

2

AURADON TEM UM LINDO CÉU AZUL E MUITAS BORBOLETAS.
DAVA PARA SER MELHOR QUE ISSO?
O QUE ACHA DE SONHAR COM TODAS AS FORMAS DE SER CRUEL?
O QUE POSSO DIZER? TEM COISAS QUE NUNCA MUDAM.

Mal e seus amigos encontravam-se em volta de um enorme caldeirão fumegante. Ela usava botas pesadas, leggings rasgadas e jaqueta de couro. Os cabelos roxo-escuros estavam mais longos e pesados do que nunca. Mal olhou para as próprias mãos, que seguravam o livro de feitiços de sua mãe. Na capa, ela havia pintado com spray verde e chamas roxas uma estrutura prendendo o dragão dourado no centro. Ergueu o olhar na direção dos três amigos. Havia algo venenoso em seu sorriso.

Apesar de agora viver em Auradon, Mal continuava sendo filha de Malévola.

Evie, filha da Rainha Má, sorriu para Mal. Usava uma jaqueta de couro azul rasgada, saia estampada com pichações, um colar com uma pedra vermelha e uma coroa dourada sobreposta. Jogou os cabelos azuis e sedosos para trás enquanto mexia a mistura fumegante no caldeirão.

Jay, filho de Jafar, segurava um balde de maçãs vermelhas lustrosas. Seu bíceps saltava do colete de couro vermelho e amarelo, e os cabelos longos e escuros escapavam de um gorro. Jay transmitia muita força e confiança. O brilho vindo do caldeirão fez seus olhos se acenderem perigosamente e ele olhou através da bruma, na direção de Carlos.

Carlos, filho de Cruela de Vil, também segurava um balde de maçãs vermelhas reluzentes. Era um adolescente magro, com cabelos platinados espetados e raízes escuras, e usava uma jaqueta de pele vermelha, branca e preta. Olhou para os três amigos e riu em silêncio.

Mal retribuiu o gesto, abriu o livro de feitiços e leu em voz alta:

— *Mundo terrível e algoz, faça todos os que provarem se unirem a nós.*

Então, olhou com os amigos na direção do caldeirão.

A mistura começou a lançar gotículas, ferver, formar bolhas. O feitiço tinha funcionado. Mal e os amigos vibravam triunfantes. Jay e Carlos acrescentaram as maçãs ao caldo espesso. Os quatro Filhos de Vilões (ou FV, para abreviar) deram a volta no caldeirão, uivando, preenchendo os baldes novamente com maçãs enfeitiçadas. Estavam prestes a fazer maldades. Conheciam muito bem as muitas maneiras de serem cruéis.

Minutos depois, Carlos estava jogando um balde de maçãs enfeitiçadas pelo chão encerado no corredor da Escola Auradon, bem diante dos armários. Alunos alegres, usando blusas amarelas e azuis, uniformes de animadoras de torcida e peças em tons pastel viram as frutas rolando no chão e abaixaram-se para pegá-las. Depois de morderem as maçãs enfeitiçadas, gritaram e dançaram animados, deixando para trás as boas maneiras e se transformando em verdadeiros maníacos. Mal passou pelo corredor pisando nas maçãs e batendo as portas dos armários. As portas revelavam as palavras VIDA LONGA AO MAL!, que ela havia pichado ali. Parou diante de uma garota tímida usando um laço branco enorme nos cabelos acastanhados.

Era Jane, filha da Fada Madrinha. A menina arfou quando Mal lhe entregou uma maçã. Parada ali, com seu uniforme azul, branco e amarelo de animadora de torcida, a garota a encarou. Mordiscou a maçã e sua boca se repuxou em um sorriso medonho. Jane arrancou a lata de spray da mão de Mal e saiu dançando com passos decididos até sumir de vista.

As maçãs tinham um efeito intoxicante, e Mal e seus amigos continuaram distribuindo-as pelo pátio ensolarado. Estavam deixando todos – e *tudo* – muito mais divertido. Lá fora, segurando suas maçãs, as animadoras de torcida dançaram com Jay antes de ele fugir. No corredor dentro do colégio, Carlos encontrou um grupo de rapazes que caíram no truque. Um aluno mordeu a maçã, virou o boné para trás e chegou a fazer um gesto obsceno para os armários. Em uma das salas de aula, Evie passou por uma fileira de alunos e distribuiu maçãs. Trotou até a mesa da Fada Madrinha, deixou uma maçã ali e seguiu seu caminho. Fada Madrinha, a diretora do colégio, mordeu a fruta. Ergueu o olhar e viu o caos que havia se instalado: Evie e os alunos dançavam e jogavam folhas de papel no ar. Fada Madrinha hesitou, mas logo balançou os cabelos e se uniu à loucura que havia se espalhado em sua sala de aula até então controlada e pacata.

A febre da maldade continuou se espalhando.

Em uma das galerias, um Jay todo alegre lançava maçãs na direção do pátio. Doug, filho de Dunga, tocava trompete quando uma das maçãs de Jay caiu dentro do instrumento. Outras maçãs caíram nos trompetes de outros membros da banda. Enquanto Jay continuava agilmente atirando as frutas, os músicos as pegavam e mordiam.

No jardim de rosas, os estudantes se ajoelhavam em volta de uma fonte de pedra e afundavam as cabeças na água cristalina. Um a um, emergiram, empurrando os cabelos molhados para trás. Todos queriam uma mordida do verdadeiro mal, da verdadeira loucura. Nunca era suficiente. Outros alunos negligenciavam o gramado e pulavam ali, erguendo e balançando suas maçãs, dançando vitoriosos.

Mal, Evie, Jay e Carlos reuniram-se como um esquadrão feroz diante da Escola Auradon − o prédio que parecia um castelo, com faixas azuis e douradas e dizeres cheios de orgulho dependurados nas ameias. Olharam para os estudantes animados. Entre eles estavam a Bela e a Fera, que também mordiscaram as maçãs e dançavam ao som da rebelião.

Mal passou por uma fileira de arbustos e ergueu uma bandeira da escola, que agora era de um roxo escuro e dizia VIDA LONGA AO MAL! A multidão vibrou. Mal adorava aquilo. Guiou todos para longe da escola, subiu em uma escada e pichou a estátua assustadora que representava o pai do Rei Ben em sua forma bestial.

Mal se lembrou de uma coisa que seu namorado Ben certa vez lhe dissera sobre a estátua: *Meu pai queria que sua estátua se transformasse de demônio em homem para nos lembrar de que tudo é possível.* De fato, tudo era possível. Mal podia rir dessa ironia.

Ela sorriu e jogou a última maçã enfeitiçada para o alto.

Quando a maçã caiu, o Rei Ben, menino de ouro e único filho de Bela e Fera, pegou-a. Ele lançou um sorriso inocente para Mal e seus olhos brilharam como os de um anjo abaixo dos cabelos castanho-mel que caíam por sua testa. Ben não havia se transformado – ainda não. Mordeu a maçã e um sorriso diabólico brotou em seu rosto.

RÁ!

QUEM DERA.

3

ESTÁ BEM. NADA DAQUILO ACONTECEU.

MAS UMA GAROTA PODE SONHAR, CERTO?

É ASSIM QUE A HISTÓRIA *REALMENTE* CONTINUA...

Os flashes das câmeras trouxe Mal de volta à realidade. De repente, ela não estava mais liderando toda a Escola Auradon, toda aquela marcha podre da vitória. Em vez disso, Mal se via diante de uma massa de repórteres agitados e suas câmeras, em uma coletiva de imprensa. Suas roupas características de couro e os cabelos roxos e longos haviam ficado no passado. Por sinal, Mal se parecia com qualquer princesinha cheia de luxo, justamente aquelas que ela costumava zoar quando vivia na Ilha dos Perdidos – a diferença era que, em vez de lindinha em cor--de-rosa, Mal usava um vestido de renda branca e os cabelos, de um loiro gelado, encontravam--se presos em um coque. As pontas eram ligeiramente arroxeadas — o único traço que ainda restava de suas raízes cruéis.

— Mal! — um dos jornalistas chamou, empurrando o microfone bem diante do rosto da garota.

Mal lembrou-se de respirar. E de sorrir. *Aja como uma dama,* disse a si mesma.

— Faltam apenas três dias para o Baile Real! — gritou um repórter.

— Em algum momento chegou a pensar que seria uma dama da corte? — gritou outro.

Mal olhou de rosto em rosto, sem saber a quem responder primeiro.

— Como se sente sendo a garota mais *invejada* de Auradon?

— Gosta de ser loira?

— Sua mãe *ainda* é uma lagarta?

Mal abriu a boca, mas foi incapaz de formular uma palavra sequer.

— Certo! Vamos lá! — falou Ben aos fotógrafos enquanto apressava-se para se posicionar ao lado de Mal, lindo em seu terno azul-royal. Segurava uma maçã mordida. — Nós avisaremos *se* e *quando* essa situação específica sofrer alguma mudança – avisou aos jornalistas.

Mal sentiu-se aliviada por um momento, mas os repórteres voltaram a gritar.

– Rei Ben, em algum momento lhe passou pela cabeça que estaria com a filha de uma vilã?

– Já terminamos por hoje – Ben avisou à multidão, esforçando-se ao máximo para ignorar o tumulto.

Olhou para Mal e ofereceu um sorriso doce. Fada Madrinha atravessou o jardim de rosas e posicionou-se entre Mal e Ben e a multidão frenética. Seus cabelos estavam arrumados em um coque solto e as orelhas decoradas com brincos de pérola. Usava o vestido lavanda com um grande laço rosa no pescoço, como de costume. Falou com a multidão agitada:

– Está bem, está bem. Psiu. Shhh, shhh, shhh, shhh. – Acenou pedindo silêncio. – Este lugar ainda é uma escola. Portanto, se estão aqui, ou estão atrapalhando, ou invadindo a propriedade! De um jeito ou de outro, preciso que vocês...

As pessoas começaram a lançar comentários.

– Shhh! Shhh! Shhhhhh! – exclamou Fada Madrinha, acenando outra vez de modo a pedir silêncio. Quando a multidão enfim aquietou-se, ela sorriu e acrescentou, bem-humorada: – Shhh!

Os repórteres começaram a se dispersar.

Por precaução, Fada Madrinha insistiu um pouco mais:

— Shhh! Shhh! Shhh!

Não demorou para toda a multidão deixar o gramado.

— Obrigada. Muito obrigada. Obrigada — agradeceu Fada Madrinha.

— Obrigado, pessoal — Ben ecoou, acenando.

— Obrigada — agradeceu Mal, e com sinceridade.

— Mal, Ben — chamou Fada Madrinha, anuindo.

— Fada Madrinha — Ben e Mal falaram em uníssono.

O trabalho da Fada Madrinha estava concluído. Ela deu meia-volta e se afastou.

Mal olhou para Ben.

— Olá — cumprimentou, deixando escapar uma risada nervosa.

Ben ofereceu um sorriso reconfortante.

— Basta ignorá-los — aconselhou, falando dos repórteres, que agora estavam a uma distância segura e levando suas câmeras na lateral do corpo.

— É *muito* mais fácil falar do que fazer — Mal confessou, abrindo um discreto sorriso para ele.

Ben puxou-a mais para perto.

— Eu sei, eu sei. Talvez devêssemos sair... Talvez devêssemos... — Olhou para seu relógio de ouro. — *Ah, meu Deus!* Estou superatrasado para a reunião do conselho! – Ben observou os olhos verdes de Mal e estremeceu. – Preciso ir.

– Não tem problema – Mal respondeu com nada além de compreensão na voz.

– Mas ainda vamos terminar essa conversa, está bem? – Ben pediu com sinceridade.

– Claro – concordou Mal, assentindo.

De certo modo, ela estava estranhamente aliviada.

Mais tempo para descansar, pensou. *Sustentar esse teatrinho é exaustivo.*

Evie correu atrás de Mal. Sempre cheia de estilo, usava um vestido azul com gola e cinto dourados. Seus cabelos longos e azuis caíam em ondas volumosas, presas por uma delicada tiara incrustada com joias vermelhas. Evie agarrou o braço de Mal e a fez dar meia-volta. Surpreendida, Mal deu um grito.

– Se não fizermos uma prova do seu vestido agorinha mesmo, você vai dançar com o roupão de banho! – Evie avisou Mal. E acrescentou enquanto a puxava: – Tchau, Ben.

Lá se foi meu cochilo. Mal virou-se outra vez para ele e balbuciou: *Tchau, Ben.*

Em um piscar de olhos, os repórteres se reuniram em volta de Ben, com seus microfones e câmeras apontados como espadas.

– Rei Ben! Rei Ben! Só uma pergunta sobre o Baile...

Ben olhou outra vez para o relógio.

– Eu tenho mesmo que ir.

E saiu andando apressadamente.

Os jornalistas barulhentos o seguiram.

4

ESTOU LONGE DE SER A DAMA DA CORTE PERFEITA.
É SÓ UMA QUESTÃO DE TEMPO PARA AS PESSOAS ENXERGAREM
O QUE TENHO GUARDADO DENTRO DE MIM.

A luz do sol passava pela janela polida e invadia o dormitório de Mal e Evie.

Evie já se sentia em casa. Uma tabela periódica adornada com pedras preciosas decorava uma parede e sua área de trabalho era tomada por rolos de tecidos, a máquina de costura, uma série de caixas de vários tamanhos, lápis coloridos e páginas de croquis de roupas que ela criara. Ao lado da mesa de trabalho, os vestidos feitos à mão de Evie encontravam-se dependurados em uma arara. Uma olhada no lado de Evie do quarto e ficava claro que design de moda era sua paixão.

A parte de Mal do quarto muito mais se parecia com um zoológico. A lagarta em um aquário sem água no criado-mudo não ajudava muito. Trazia um aviso que dizia NÃO ALIMENTE MINHA MÃE, pois ali dentro estava ninguém menos do que a maldosa Malévola, que havia sido transformada, na cerimônia de coroação do rei Ben, de um dragão gigante e poderoso em uma insignificante lagarta verde. Enquanto a lagarta continuava sentada em uma miniatura de trono dentro do aquário, Mal permanecia em uma plataforma de provar roupas para que Evie pudesse ajudá-la a experimentar o vestido do Baile.

Com suas camadas de tule e pedras preciosas verdes, a peça azul e amarela tinha sido criada para uma verdadeira rainha. Evie apertou o vestido ao corpete e o prendeu com alfinetes.

Mal gritou:

– Evie! Eu não consigo respirar!

Evie levantou o braço de Mal.

– Bem, você pode respirar depois do Baile – e sorriu.

Mal deixou escapar uma risada cheia de sarcasmo.

— Sim, bem, eu realmente duvido que possa. Tenho uns vinte outros eventos logo na sequência e agora não consigo nem lembrar quais são.

Mal olhou com ansiedade para sua jaqueta de couro da Ilha dos Perdidos dependurada em um cabide acima da TV. Pensou na época em que tinha um coração ruim — quando usava cabelos roxos e aquela jaqueta — e era temida e respeitada por todos da Ilha.

— Evie — Mal chamou, parecendo distante.

— Oi? — Evie segurava uma fita métrica por sobre o vestido.

— Já se perguntou o que estaríamos fazendo agora se ainda vivêssemos na Ilha? — Mal arriscou.

Sua mente concentrou-se no esconderijo dos amigos, onde eles costumavam passar tempo planejando e tramando, aprimorando esquemas cheios de maldade para provocar problemas seríssimos.

Sem prestar muita atenção à pergunta de Mal, Evie deu risada.

— Que curioso — falou, virando-se. — Ei, espie só quem está na TV!

Pegou o controle remoto, aumentou o volume e ouviu as palavras vindas da televisão enquanto estudava alguns de seus esboços.

Atrás dela, Mal soltou o corpo em um mar de tule amarelo, em sua cama de dossel.

Com Evie, assistiu ao vídeo antigo que passava na tela. Nele, Mal exibia um vestido com contas, xale e um delicado acessório dourado na cabeça. Aladdin, usando um terno creme e chapéu, e Jasmine, com um vestido longo e turquesa, cumprimentavam Mal e Rei Ben. Os servos colocavam uma refeição no centro de uma sala repleta de almofadas e velas. Aladdin acompanhava Mal até o assento dela enquanto Ben fazia o mesmo com Jasmine. Aladdin e Ben sentaram-se um ao lado do outro e uma garçonete tirou a redoma de uma travessa de prata.

Mal pegou um pedaço de carne. Mordiscou-a e engasgou, mas rapidamente disfarçou a situação com um sorriso. Quando ninguém estava olhando, ela cuspiu em um guardanapo e o escondeu atrás do corpo. E aí sorriu para seu acompanhante. Mal ficou pálida ao ver aquilo na TV.

"Seis meses atrás, ninguém pensaria que a relação do Rei Ben com a garota do lado errado da ponte duraria", dizia uma jornalista.

– Cara, sério! – Mal murmurou.

A jornalista continuou: "Não sei qual é o segredo, mas Mal está *lindamente* adaptada agora!". E passavam imagens de Mal mais cedo, na coletiva de imprensa. Ela sorria e acenava com as luvas de renda branca. "Mal deve estar contando os dias para o Baile Real, durante o qual será oficialmente proclamada a dama da corte."

Ela arregalou os olhos. *Nem me lembre*, pensou. Virou-se na cama e pegou o livro de etiqueta *Modos e Maneiras para Damas*, que estava sobre o criado-mudo. Em seguida, puxou o livro de feitiços debaixo do travesseiro, abriu-o e entonou:

— *Leia rápido, em alta velocidade, lembre tudo o que preciso de verdade.*

Rapidamente virou as páginas de *Modos e Maneiras para Damas* e conseguiu, com ajuda da magia, absorver as informações presentes no livro.

Evie aproximou-se da amiga.

— Bem, eu conheço o segredo de Mal para se adequar, e Ben não gostaria nada, nada disso. — E cruzou os braços. — Vocês dois já não têm segredos demais, não?

Mal ergueu o olhar, que até então estava fixo em *Modos e Maneiras para Damas*.

— Você viu como eu era antes de começar a usar o livro de feitiços, não viu? — rebateu. — Eu era um completo *desastre!*

Voltou a folhear o livro.

— Bem, pessoalmente, como sua melhor amiga, acredito fortemente que deva colocar esse livro de feitiços em um museu, junto do meu espelho — propôs Evie, referindo-se ao Espelho

Mágico que a Rainha Má certa vez lhe dera para que pudesse encontrar e roubar a varinha mágica de Fada Madrinha.

Evie virou mais uma página. Já bastava de maldades. Ela pegou o livro de feitiços de Mal, que fez beicinho e fechou a outra obra, *Modos e Maneiras para Damas*.

— Não me olhe com essa cara! — falou Evie. — Pare de fazer beicinho.

Mal franziu a testa.

—Você sabe que eu estou certa — acrescentou.

—Você não tem saudade dos tempos em que perdíamos o controle e quebrávamos todas as regras? — Mal quis saber.

Evie deu uma risadinha.

— Como roubar, mentir e brigar?

Mal abriu um sorriso, em deleite com as palavras de Evie.

— Exato!

O riso de Evie se desfez.

— *Não!* — ela gritou, arrancando a amiga daquele mundo de fantasias.

— O que...? — Mal começou.

— Por que faríamos isso? — Evie riu. — M., venha cá! — Segurou a mão de Mal e a puxou para fora da cama, na direção da TV. E prosseguiu:

– Veja onde nós estamos! Estamos em *Auradon!* E agora somos garotas de Auradon.

Evie olhou para a tela e um sorriso brotou em seu rosto.

O vídeo mostrava Mal com um vestido incrustado de cristais ao lado de um Ben de terno. Estavam sentados a uma mesa coberta com uma toalha branca, com morangos em uma travessa e xícaras de café quentinho, soltando vapor. Ben levou um morango coberto de chocolate à boca de Mal. Em seguida, ela pegou um morango com sua mão enluvada e mergulhou-o em chocolate derretido antes de levá-lo à boca de Ben. Sujou o rosto dele com chocolate e ajudou-o a limpar enquanto ria toda alegre. Ben mergulhou mais um morango em chocolate e levou à boca dela.

Mal deu uma mordida, assentiu como se estivesse sonhando e recostou a cabeça no pescoço de Ben.

"E, é claro, tem o guarda-roupa de Mal!", exclamou a jornalista. "Auradon jamais viu *looks* tão atuais e inspiradores. Nossa nova e grande designer, Evie, continua nos surpreendendo!"

– *Viu só?* Aqui é a terra da oportunidade! – Evie olhou para Mal. – Aqui, podemos ser o que quisermos ser! Então, por favor, vamos deixar o passado para trás, está bem? Outra coisa: você viu os sapatos? – Ela ergueu um par de sapatos azuis e dourados, de salto alto, que estava em sua mesa de trabalho. – Tipo, será que a gente pode conversar sobre os sapatos?

– Esses aí são um caso sério – comentou Mal, forçando um risinho.

A verdade era que ela não estava pronta para deixar o passado para trás. E jamais se sentira tão distante da melhor amiga quanto naquele momento.

5

COMO MINHA MÃE COSTUMAVA DIZER: FINJA ATÉ SE TORNAR REALIDADE. (BEM, NA VERDADE ELA DIZIA "ALIMENTAR ATÉ AMALDIÇOAR", MAS DÁ NA MESMA)

Entre uma aula e outra, Mal, Evie, Jay e Carlos andavam do lado de fora do colégio.

Mal usava um vestido verde-claro de babado, cabelos em ondas longas e loiras e carregava consigo um livro-texto da coleção *101 Fadas*. Cabisbaixa, andava ao lado de Evie, que estava o ápice do estilo com seu vestido e bolsa azuis, ambas criações suas. Jay e Carlos levavam Dude, o cãozinho desajeitado e adorável de Carlos, na coleira. Os amigos subiram as escadas para chegarem ao pátio externo, um espaço aberto onde a brisa soprava.

Outros alunos, também levando livros, vagavam por ali, empoleirando-se nos nichos do muro de pedra da escola ou sentados em cercas também de pedra. Sorriram para Mal e seus amigos. Os FVS tinham percorrido um longo caminho desde sua chegada a Auradon. Costumavam ser malvistos por serem filhos de terríveis vilões, mas agora os quatro eram tratados com respeito. O fato de Mal estar se preparando para ser a dama da corte de fato ajudava.

Jay assentiu e apontou para o grupo de garotas, que ficaram sem fôlego.

– Por que você tortura as meninas? – Carlos perguntou. – Escolha logo uma para levar ao Baile.

– Eu vou sozinho. Assim, posso dançar com todas elas.

Jay apertou o braço de Carlos e sorriu, arqueando as sobrancelhas.

– Ah, você é o especialista – respondeu Carlos. – Digamos que, se você fosse convidar alguém… quem seria a grande escolhida?

– Ouça… – Jay descansou a mão no ombro de Carlos. – Você só precisa… se parecer comigo. – E uivou uma risada.

– Ah, há-há – Carlos virou os olhos.

Evie deu risada, mas Mal parecia perdida em pensamentos.

— Mal! — Jane chamou, fazendo-a voltar à realidade.

Jane havia aparecido diante do grupo e segurava um tablet. Lonnie, filha de Mulan, estava ao seu lado, parecendo tão tagarela quanto de costume. Os cabelos longos e negros de Lonnie formavam um belo contraste ao caírem contra seu vestido rosa.

Mas Mal não estava a fim de responder mais perguntas de Jane, que ajudava a organizar o Baile, sobre o evento.

Sem querer, Carlos distraiu Jane.

— Oi, Jane — cumprimentou nervoso.

— Oi — ela respondeu, sorrindo para ele.

— Ah... eu queria saber se... se você... bem... se gostou do bolo de cenoura ontem à noite — arriscou.

— Na verdade, eu comi a torta de abóbora — ela respondeu com doçura, mas um pouco confusa.

— Ah. Legal.

Carlos a encarou sem saber direito o que dizer para impressioná-la.

Jay foi atrás do amigo e segurou seus ombros.

— Muito bem — falou com uma voz grave.

Em seguida, arrastou Carlos e Dude rumo à próxima aula.

Mal preparou-se para um bombardeio de perguntas. Para sua sorte, Evie se intrometeu.

– Tenho horário para uma prova de roupas às três. Quem quer ir? – ela perguntou às garotas.

– Eu! – Lonnie pulou na frente de Jane, depois ficou constrangida: – Desculpa.

– Está bem, então a gente se vê mais tarde – Evie disse a Jane enquanto puxava Lonnie de lado para conversar.

Mal estava sozinha com Jane. Sentia-se como um animalzinho indefeso diante dos faróis de um caminhão.

E Jane não estava a fim de maneirar:

– Mal! Detesto incomodar tanto, mas o comitê de decoração do Baile precisa de mais algumas respostas. Então, por mais que eu deteste... é... é... é...

– Me incomodar – Mal falou.

– Exato – Jane assentiu.

– É... É, não. Sério. Eu... Eu preciso entrar na aula. – Mal ergueu o polegar.

– Quer saber? Apenas faça um sinal positivo com a cabeça se você gostar – propôs Jane, erguendo o tablet.

– Combinado – concordou Mal.

Jane usou sua caneta para passar uma série de imagens na tela, uma depois da outra em um turbilhão vertiginoso.

— Arranjos para as cadeiras. Faixa na entrada. Luzes. Ah, vejamos. Design dos guardanapos. Decoração da mesa... — Jane passou ainda mais fotos.

Mal inclinava a cabeça para analisar cada imagem.

— E você ainda não escolheu as lembrancinhas — acrescentou Jane.

— Jane, eu confio no que você recomendar...

— Quero dizer, podemos fazer chaveiros, chaves decorativas, acessórios para decorar canetas — Jane a interrompeu, voltando a passar imagens.

— Eu adoro esses acessórios pra colocar na parte de cima da caneta — admitiu.

Essa conversa estava deixando Mal tão ansiosa que ela quase não conseguia respirar.

— Quero dizer, podemos fazer todos os três se você quiser... — Jane continuou.

— Sabe... — Os olhos de Mal de repente brilharam em um tom verde forte. Então ela respirou fundo e as íris voltaram ao tom normal. Mal sorriu e gentilmente apoiou a mão no braço de Jane. — Acessórios para canetas — concluiu.

— Certeza? — perguntou Jane.

— Sim — Mal confirmou. — Sim.

– Certo. Você não vai se arrepender – Jane sorria.

Evie e Lonnie aproximaram-se outra vez de Jane e Mal.

– Não vejo a hora de saber como vai ser seu casamento! – Lonnie exclamou.

– Pois é, eu também não – Mal falou com um sorriso distraído. Em seguida, ao perceber o que Lonnie tinha dito, congelou. – Espere aí! *Como é que é?*

– Sim – Jane falou. – O Baile Real é como noivar para noivar para noivar!

– Eu sabia! – Evie bateu palmas, toda animada.

– Todo mundo sabe – confirmou Lonnie.

Mal ficou de olhos arregalados.

– *Eu* não sabia disso! – exclamou. – Como assim, ninguém me contou? A minha vida inteira já foi planejada e ninguém me...

Ben apareceu com seu terno azul-royal ao lado de Mal.

– Oi, Mal!

– Oiiii, Ben! – Evie, Jane e Lonnie cantarolaram em uníssono.

Mal as encarou. Toda aquela conversa sobre noivado havia piorado ainda mais seu humor.

Ben sorriu, depois se aproximou de Mal para cumprimentá-la com um beijo.

Jane o segurou e empurrou de lado.

– Ah, só um minutinho.

Mal observou a cena antes de se afastar.

– Está bem, a surpresa para a grande noite de Mal está quase concluída – Jane contou a ele quando estavam distantes.

Segurou o tablet diante de Ben e mostrou imagens de um vitral com o jovem casal estampado.

– Certifique-se de que os olhos dela sejam verdes – Ben aconselhou Jane.

Atrás de Jane, Mal atraiu a atenção de Ben e fez um gesto como se quisesse dizer "você vem comigo?".

Ben gritou para Mal que a encontraria depois, e então voltou sua atenção outra vez para Jane.

– Qual tom de verde eles devem usar? – ela quis saber.

Mostrou alguns retângulos de vidro verde para Ben. As tonalidades eram todas bem parecidas.

– Ah... – Ben segurou as amostras e sorriu. Ergueu a mais escura: – Esta aqui.

E olhou para a peça como se estivesse sonhando, claramente pensando em seu presente para Mal.

No quarto das garotas, Evie prendeu com alfinetes a bainha da capa de pele falsa de Chad.

Chad Charming, o mimado filho da Cinderella, admirava a própria imagem no espelho de corpo inteiro, desde seus sapatos lustrosos até o topo de seus cabelos loiros.

– Ahh! E as penas de pavão? – Chad quis saber. – Aposto que ninguém vai usar *penas de pavão* no Baile!

Evie raspou a garganta e soltou a bainha.

– Quer saber, Chad? Quando olho para você, só consigo pensar em... *rei*.

Evie encostou as mãos no rosto dele como se quisesse capturar aquela grandiosidade, depois lançou um olhar furtivo para Doug, sentado à mesa de trabalho.

Doug, que parecia mesmo um contador com seus óculos de armação redonda, gravata-borboleta verde e suspensórios estava sentado diante do computador, analisando as informações da empresa de moda de Evie e fazendo contas. Girou a cadeira e piscou para a designer.

Alheio ao que acontecia, Chad ficou de queixo caído e sorriu com as palavras de Evie.

– E pele falsa... Pele falsa diz tudo – Evie falou para seu cliente, balançando a apara da capa.

Chad acariciou o tecido.

– Em alto e bom som – confirmou Doug, assentindo e sorrindo.

Jay entrou rapidamente no quarto para gritar:

— No anfiteatro em cinco minutos!

— *Anfiteatro em cinco minutos* — Chad arremedou, zombando do garoto. — Por que o técnico escolheu esse cara, e não a mim, para ser o capitão? Eu claramente sou o melhor atleta. — Fez uma postura arrogante e sorriu. — Mas pense nas palavras *Rei Chad*. Quer saber quem mais gostaria de dizê-las?

— Quem? — Evie perguntou, fingindo interesse.

— Audrey — Chad respondeu.

— Humm, é verdade — confirmou Evie, entrando na brincadeira.

— Chad! — Jay gritou. — Vai logo!

Chad franziu a testa.

— Já estou indo.

Desceu da plataforma e saiu do quarto.

Evie cuidadosamente tirou a capa de Chad enquanto ele saía. Depois, soltou-a na plataforma e foi para perto do computador, onde Doug estava. Os dois se encararam e caíram na risada.

— Chad herdou o charme, mas na real falta todo o resto — disseram em uníssono.

Depois, riram outra vez. Doug dissera essas mesmas palavras a Evie, referindo-se a Chad, quando ela demonstrou pela primeira vez interesse em ser namorada do filho da Cinderella, muito tempo atrás. A paixão de Evie por Chad não durou muito: no fim das contas, garotos convencidos e egoístas não faziam o tipo dela, que acabou se sentindo muito mais interessada pelo doce e elegante Doug.

– Alguém está claramente tendo problemas para enfrentar o fim do namoro com Audrey – Evie comentou enquanto pegava um croqui mostrando um vestido novo com gola e cinto decorados com ouro.

Doug apertou seus olhos azul-claros e, com a ajuda dos óculos, concentrou-se no computador.

– Ei, eu estava fazendo as contas... – E começou a digitar rapidamente.

– E aí? – Evie fez uma marcação a lápis no croqui.

– E depois de recebermos de todas as garotas pelos vestidos e também pela capa de Chad... – Doug apertou mais algumas teclas.

– O que tem? – Evie apoiou o croqui na mesa de trabalho e olhou o computador de Doug. Ficou boquiaberta ao ver o número na tela, e aí deu risada. – Não é de se espantar que as pessoas *trabalhem!* Uau... – Olhou no rosto de Doug antes de prosseguir: – O que eu vou fazer com todo esse dinheiro?

E olhou novamente para o computador.

Doug apertou mais algumas teclas.

– Dentro de alguns anos, vai poder comprar aquele castelo que sempre quis. – Admitiu para Evie com a maior seriedade. – Assim, você não vai precisar de um príncipe.

Evie segurou a mão e olhou nos olhos dele.

– Você está certo. Eu não preciso. Porque tenho você.

Evie adorava sua vida em Auradon. Era tudo o que ela sempre sonhara.

6

DROGA! ESTOU TÃO CANSADA DESTE LUGAR. E PARECE QUE O BAI-
LE É ALGO MUITO MAIS IMPORTANTE DO QUE EU IMAGINAVA. QUE
MARAVILHA. AGORA TENHO MESMO QUE FINGIR SER A PRINCESA
PERFEITA. NÃO POSSO DEIXAR OS HOOLIGANS DA ILHA ARRUINA-
REM O GRANDE DIA DE BEN!

Mal correu até seu armário, pegou a bolsa e mexeu dentro dela.

— Oi, Mal — veio a voz de suas costas.

Mal cambaleou para trás e encontrou Ben apoiado na porta do armário.

— Oi — ela cumprimentou, tentando parecer tranquila, mas deixando escapar uma risada nervosa.

Ben ofereceu um sorriso caloroso.

– Eu... tenho uma surpresinha para você.

Mal sorriu.

– Mais uma? Nossa, agora é todo dia?

– Dia sim, dia não – Ben a corrigiu. – Nos dias pares. Para contrastar com a sua perfeição ímpar.

– Essa sou eu. Sou perfeita.

Mal conseguiu não virar os olhos.

– Venha, deixe eu mimar você – Ben a chamou. – Sabe, você não teve muitas coisas quando era mais nova.

O sorriso de Mal estremeceu.

– A gente tinha o suficiente para viver – foi sua resposta.

Ben bisbilhotou dentro do armário e viu o livro de feitiços ali no fundo. Apontou para a obra.

– Você não doou isso aí para o museu?

Ele estendeu a mão para pegar o livro, mas Mal conseguiu afastá-lo, fechar o armário e sorrir.

– Agora que percebi que ainda está aí – Mal comentou em tom de brincadeira, usando o dedo para afastar os cabelos de Ben que caíam sobre os olhos. – Hum... Eu tenho que ir para a aula. Não quero chegar atrasada, então...

– Não, não – Ben falou. – Mas...

Segurando a mão de Mal, ele a guiou.

A alguns passos dali havia uma scooter roxa lustrosa enfeitada com um laço dourado.

– Tchan-ran! – exclamou Ben, apontando para a moto.

Boquiaberta, Mal tentou usar as mãos para cobrir a boca.

– O quê?!

– Gostou? – Ben quis saber.

Mal abriu um sorriso enorme, realmente alegre.

– Como um *ogro* adora *Cheetos!* – Aproximou-se da scooter para inspecioná-la, deslizando a mão pelo banco e guidão. – Ben, é maravilhosa! – Olhou para o rosto sorridente dele. – Eu amei! – afirmou, examinando mais uma vez o veículo. Deixou escapar mais uma risada alegre, mas logo seu rosto adotou um ar sombrio. – Mas eu não tenho nada para você.

– Ah, bem, você está fazendo um piquenique para mim, e com todos os meus pratos prediletos, lembra?

Ben apoiou-se contra os armários e sorriu.

– Não, o piquenique é na quinta-feira – Mal respondeu, dando tapinhas no peito de Ben para reassegurá-lo.

– Mas *hoje* é quinta-feira – ele confirmou, enfiando a mão no paletó azul-royal.

Mal deu risada.

– Não, não é – ela rebateu, já pegando o celular na bolsa.

Ben rapidamente puxou o celular do bolso do paletó e mostrou a data a Mal.

– Quinta-feira – insistiu, confirmando o que Mal esperava não ser verdade.

Mais um deslize, ela pensou. *Que ótimo.* E suspirou.

– Mas tudo bem, sabe... – Ben começou a dizer.

– Não, não, não, não. Eu sabia que hoje é quinta-feira. Só estava brincando com você. – Mal riu outra vez. – Na verdade... Só preciso terminar de preparar alguns pratos e aí serei toda sua. Então vou fazer justamente isso. Está tudo bem. Eu estou bem. – Mal abriu um sorriso que pareceu muito sincero.

– E a aula? – Ben indagou.

– Eu consigo fazer várias coisas ao mesmo tempo – Mal respondeu, sorrindo.

Deu um tapinha cheio de afeição no peito de Ben e saiu correndo.

– E brinca de fazer muitas coisas – Ben gritou para ela.

Mal caiu na risada.

– Você é a melhor! – ele gritou.

– Sou, mesmo – Mal cantarolou.

Mas ela não conseguia não sentir que o oposto disso era verdade.

Como capitão da equipe R.O.A.R., Jay liderou o treino no anfiteatro.

Quando não era época de torneio, alguns atletas da Escola Auradon vestiam o uniforme novo, azul e dourado, ostentando o brasão do colégio, para treinar na R.O.A.R. Seguravam espadas leves, usavam máscaras de malha que cobriam seus rostos e se espalhavam nos limites da arena. Naquele dia, os alunos assistiam de trás de um corrimão e nas galerias enquanto Jay e Carlos enfrentavam seus oponentes mascarados. Para ganhar altura, alguns membros da equipe subiam nas caixas de concreto azul e amarelo espalhadas de forma regular ali em volta. Chad olhava da lateral da arena, balançando a espada de modo a tentar acompanhar os movimentos ágeis de Jay.

– Olhos no oponente! – Jay gritou, apontando. – Movimentos leves!

Jay enfrentava todos os oponentes, forçando-os além da linha, onde tiravam as máscaras e o viam enfrentar os demais participantes, que apontavam a espada para ele, desafiando-o. Jay tirou a máscara.

– Acabe com ele, Jay – Chad gritou.

O esgrimista mascarado e Jay se enfrentaram, espada batendo em espada.

Era uma batalha equilibrada.

– Cuidado, Jay! – aconselhou Carlos.

Jay e seu adversário se prepararam outra vez, analisando um ao outro.

E aí voltaram a se enfrentar.

— Vai, Jay! — Carlos gritou.

A criatura mascarada deu meia-volta, arrancando a espada da mão do líder.

Que arfou.

O oponente levou Jay à margem da arena.

Jay chutou a mão do oponente, fazendo a espada voar na direção de sua própria mão.

— Acabe com ele! — gritou Chad.

Mas, antes que Jay ou seu oponente pudessem fazer qualquer movimento ágil, o esgrimista misterioso tirou a máscara, rendendo-se. Seus cabelos negros, brilhantes e macios desceram como uma cascata. Não era ninguém menos que Lonnie! Impressionado, Jay sorriu diante daquela revelação.

— Nada mal! — elogiou Chad enquanto todos os alunos aplaudiam.

— Você devia me incluir na equipe! — Lonnie respondeu, sorrindo.

Chad entrou na arena e posicionou-se diante da garota.

— O que foi isso? — E olhou para Jay. — Não, cara, a gente seria a piada da liga. Não é, pessoal?

— bufou Chad. — Tipo, o que vai acontecer agora? Teremos meninas no torneio? — E fechou a cara.

— Qual é o problema? — Jay quis saber.

Chad continuava carrancudo.

— Qual é o *problema?* O problema é que... você não leu as regras? Deixe-me ler para você. — Ele puxou o livro da R.O.A.R. do bolso de trás da calça. — Seção dois, parágrafo três-onze-barra-quatro. A equipe deve ser composta por um líder e oito *homens* — leu.

Levantou o livro, deu uma volta para os outros alunos verem e baixou-o bem diante do rosto de Jay, que não demorou a empurrar a mão de Chad.

— Mas está faltando um homem desde que Ben teve de sair para fazer todas aquelas coisas de rei — ralhou Lonnie, irritada com a regra idiota e com Chad por querer aplicá-la.

Ele deixou escapar mais um suspiro exasperado.

— Exatamente. Está faltando um *homem* — Chad retrucou, inclinando a cabeça para o lado e fazendo beicinho para desafiá-la.

— Jay — Lonnie chamou, na esperança de que ele tivesse notícias melhores.

Jay olhou para o chão antes de negar com a cabeça, claramente desanimado.

– Sinto muito – disse a ela. – O técnico confiou em mim e eu vou perder meu posto de capitão se ignorar o livro de regras.

Decepcionada, Lonnie o encarou demorada e duramente.

– Se a minha mãe pensasse assim, ela teria perdido a guerra.

Chad provocou:

– Já entendemos – falou em tom de zombaria.

Lonnie suspirou e começou a seguir seu caminho.

– Leia o livro de regras – Chad sugeriu, sacudindo o livro enquanto ela estava de costas.

Jay suspirou.

– Está bem, pessoal. Vamos terminar por hoje. O treino acabou.

Ele e a equipe saíram da arena.

No caminho, Carlos ergueu o olhar e avistou Jane na galeria. Ela estava com o uniforme de animadora de torcida e segurando o tablet.

– Jane! – Carlos gritou. – Oi!

– Oi, Carlos, tudo bem? – Jane sorriu e olhou para baixo.

Carlos subiu no bloco de concreto logo abaixo dela.

– Ah, não exatamente. E com você?

Jane olhou para o tablet.

– Coisas demais pra resolver. Planejávamos fazer as faixas azuis e douradas para o Baile, mas agora não estamos conseguindo encontrar a tonalidade perfeita de azul.

Dude, com seu uniforme da R.O.A.R., sentou-se em um dos blocos e choramingou para Carlos.

– Ah... Sim... Que pena... Ah, por falar no Baile... – Carlos falou.

– Claro – Jane interrompeu. – Todo mundo só fala no Baile o tempo todo. Até parece que nunca foram a um evento assim. – E deixou escapar uma risada irritada.

– Eu... Eu nunca – ele confessou baixinho.

Jane ficou de olhos arregalados.

– Ai... – Ela tentou disfarçar e, balançando a cabeça, falou: – Que sorte a sua. Eu sempre acabo servindo ponche com a minha mãe. E esse ano acabei indo parar no comitê de decoração porque Audrey resolveu *tirar férias em um spa* com Flora, Fauna e Primavera.

Só de pensar, Jane já fechou a cara.

– Ah... É... Ei! Talvez a gente devesse, ah, você sabe... – Carlos ficou pálido.

– Simplesmente não ir? Bem que eu queria. Aliás, queria mesmo poder fazer isso... É tão legal ter um amigo com quem a gente se identifica. – Jane abriu um sorriso enorme para ele. Nesse momento, seu celular tocou e ela bufou. – Tenho que ir. E vocês fizeram um bom treino!

Jane saiu correndo.

Dude olhou para Carlos e choramingou.

– Não era o momento certo, está bem? – Carlos respondeu exasperado.

7

FINGIR ATÉ SE TORNAR REALIDADE?
ESTOU MAIS PARA FINGIR ATÉ EXPLODIR TUDO!
NÃO SEI QUANTO TEMPO MAIS VOU CONSEGUIR
SUPORTAR ISSO ANTES DE ENLOUQUECER!

No quarto dos meninos, Carlos estava sentado na cama com seu laptop e Dude.

— Certo. — Deixou escapar um suspiro. — Como sair da zona da amizade? — murmurou enquanto digitava essa frase no notebook.

De sua caminha de cachorro feita com tecido xadrez, Dude olhava a tela.

Carlos fingiu encará-lo.

– Já vi que você está lendo por cima de meu ombro.

Dude piscou para ele.

Mal entrou toda apressada no quarto, bateu e trancou a porta. Estava arfando. Andou de um lado para o outro antes de olhar para a TV ligada, na qual passava um vídeo de Ben lhe dando morangos na boca. Apressou-se em desligar o aparelho. Todo o corpo de Mal tremia.

Seus olhos brilharam com um verde ofuscante e uma rajada de poeira mágica fez seus cabelos se mexerem.

– Ou! Ou! Calma aí, garota! – Carlos lançou.

– O quê? Você acha que eu devia estar calma? – Mal andou pelo quarto e o encarou. – Você não tem que conviver com pessoas tirando fotos suas toda vez que abre a boca para dizer *boo*. Não que eu consiga dizer *boo* direito, mas você entendeu...

Mal respirou fundo algumas vezes. Carlos baixou o olhar e continuou digitando em silêncio em seu notebook.

– Carlos – Mal o chamou, jogando as mãos para o alto.

Ele olhou para ela.

– Sim? – falou distraído.

— Você tem saudade de gritar com as pessoas e fazê-las fugir de você? — Mal indagou, na esperança de encontrar alguém mais que sentisse saudade da Ilha.

— Você está descrevendo a minha mãe, e eu costumava estar do outro lado do jogo. Então, para dizer a verdade, não — Carlos respondeu. Na sequência, levantou-se: — Hum, ei, Mal... Você trouxe?

Enquanto ela erguia a mão com alguma coisa para mostrar a ele, alguém mexeu na fechadura. Um segundo depois, a chave girou e a porta se abriu. Chad entrou no quarto. Ao ver Mal e Carlos, ficou congelado.

— Ah, oi — falou com aquele seu sorriso falso e sem graça. — Só vim aqui para usar sua impressora 3D. Não vou demorar nem um segundo — garantiu.

Carlos estava boquiaberto.

— Como foi que você conseguiu a chave do meu quarto? — Ah, eu imprimi uma cópia quando vim aqui pela última vez — Chad contou sem qualquer constrangimento. — Vocês estavam dormindo. — Foi até a impressora e a ligou. — Qual é?! A sua impressora é muito melhor do que a minha. E você instalou aqueles...

– Fora daqui! Agora! – Carlos apontou para a porta, acrescentando: – E deixe a chave.

– Está bem – Chad saiu do quarto com movimentos dramáticos.

Carlos deu as costas para a porta e olhou para Mal.

– Então... Hum... A minha poção? – perguntou.

Mal ergueu os dedos, nos quais segurava uma coisinha gelatinosa.

– Sim. Hum... Aqui está.

O rosto de Carlos ficou iluminado.

– Então, a poção vai me fazer dizer o que quero dizer a Jane? – indagou.

– Só para deixar muito claro, é uma balinha da verdade, então é pegar ou largar – Mal falou sem emoção na voz.

– Legal.

Carlos estendeu a mão para pegar a poção.

Mal a escondeu atrás de seu corpo.

– Espere aí. Não.

– O que foi? – Carlos perguntou.

– Você quer mesmo tomar essa poção? Tipo, e *sempre* dizer a verdade? Só estou perguntando porque, se eu a tomasse agora mesmo, acabaria sendo chutada de volta para a Ilha. Não que não seja uma proposta interessante, mas...

– Sim... Sim, eu vou me arriscar – Carlos respondeu, estendendo a mão.

Mas, antes que eles pudessem impedir, Dude desceu da cama e abocanhou a balinha na mão de Mal.

Ela gritou:

– Cachorro malvado!

Dude pulou outra vez na cama.

– O gosto disso é horrível – o cachorro falou. Na sequência, virou-se para Carlos: – E você... Você precisa crescer e criar coragem. E, já que estamos falando disso, coce o meu bumbum.

Carlos e Mal olharam impressionados para Dude.

– Bem, você ouviu o que ele disse. Coce o bumbum dele.

Mal deixou que os dois se entendessem.

Ela tinha um peixe maior para fritar.

8

E POR FALAR EM PEIXE, DO OUTRO LADO DA BARREIRA MÁGICA QUE MANTINHA TODOS OS MALVADOS NA ILHA DOS PERDIDOS, O MAL SE ERGUIA EM SUA FORMA MAIS GORDUROSA E FEDORENTA OU, EU ME ATREVERIA A DIZER, MAIS *CAMARÔNICA*...

A lanchonete Fish and Chips de Úrsula ficava em um cais deprimente da Ilha dos Perdidos.

Henry, um rapaz fanfarrão, filho do Capitão Gancho, entrou no restaurante levando um gancho prateado e brilhante em uma de suas mãos. Usava um chapéu preto de pirata, casaco longo de couro vermelho, calças pretas e exibia um sorriso no rosto capaz de fazer outros piratas tremerem. Os olhos verdes perfurantes e as maçãs do rosto saltadas o tornavam ao mesmo tempo lindo e assustador.

Harry passou por uma ruela suja, onde piratas maltrapilhos vendiam suas mercadorias de mau gosto. Os piratas sujos o olhavam com medo, desviavam de seu caminho, amontoavam-se, escondiam-se, tremiam e o acompanhavam com olhos arregalados enquanto passava.

Harry sorriu para si mesmo. Adorava toda aquela atenção.

Cruzou uma doca cheia de cordas esfarrapadas, com armadilhas para caranguejos dos dois lados. Seus passos ecoavam pesadamente na madeira, atraindo a atenção dos piratas que descansavam em barris e plataformas ali perto. Parou diante de uma loja horrível. Uma placa anunciava PEIXE E FRITAS DA ÚRSULA e, é claro, mostrava Úrsula, a bruxa do mar, em seus dias de glória. Tentáculos pintados em madeira saíam das duas laterais do prédio. A tinta havia se desgastado, assim como os poderes da bruxa, mas a parte branca dos olhos dela ainda brilhava na penumbra. Abaixo da placa, um letreiro anunciava: VOCÊ ACEITA COMO EU PREPARO! Abaixo dele, um lampião iluminando o registro de uma inspeção na qual o Ministério da Falta de Saúde lhes concedeu uma nota F (de *Fracasso*).

Com o gancho, Harry ergueu algumas traças de uma panela no chão da doca e avistou um pirata ruivo segurando uma vara de pescar. Sorrindo, jogou uma das traças no mar. O pirata ruivo olhou aquilo mortificado. Harry deu meia-volta e bateu as botas ao passar pelas portas articuladas verde-musgo da lanchonete.

Entrou no estabelecimento úmido e malcheiroso, repleto de pessoas mal-encaradas e desleixadas com os cotovelos apoiados em mesas que não combinavam. O lugar fedia a peixe podre, o que combinava com a terrível estética: tábuas lascadas da doca, armadilhas de lagostas quebradas, um velho órgão encharcado, candelabros feitos de restos de volantes e placas dizendo coisas como GORJETA OU MORTE e FUNCIONÁRIOS NÃO DEVEM LAVAR AS MÃOS. Além de peixe e batata frita, a lanchonete servia outras porcarias como lesmas do mar, petróleo vazado nos golfos e picles de lampreia. Harry deixou a espada em um suporte enferrujado próximo à porta de entrada, que dava acesso a várias outras. Depois, entregou os peixes que havia pegado para o jantar e atravessou o salão com passos arrogantes.

Aproximou-se de uma longa mesa de madeira. Os bancos estavam tomados por um grupo heterogêneo de piratas adolescentes idiotas conversando enquanto comiam peixe e fritas. Entre eles estava Gil, o filho musculoso de Gaston, que tinha cabelos loiro-escuros escapando de um boné e usava um colete de couro de um marrom-alaranjado. O que faltava de inteligência a Gil era compensado por músculos. Harry empurrou um pirata e usou o banco para subir na mesa. Girou um botão e ligou a velha TV.

Lá estava o infame vídeo de Mal e Ben na coletiva de imprensa.

Uma adolescente com cabelos longos e turquesa ajeitou uma bandeja sobre a mesa, bem em frente a Harry, que olhou faminto para a comida. A garota usava uma jaqueta de couro turquesa com franjas, saia também de franjas e um chapéu de pirata marrom com uma estrela-do-mar bordada. Parecia-se muito com uma pirata punk e era uma reprodução perfeita de sua mãe, a bruxa do mar Úrsula – quando era nova, obviamente. A jovem se chamava Uma e usava a concha de ouro de Úrsula em uma corrente também de ouro, embora o adereço não tivesse qualquer poder na Ilha dos Perdidos, onde a magia era proibida e tão obsoleta quanto a velha TV à qual ela agora assistia.

Uma virou-se e pegou alguns palitinhos de peixe da bandeja de Harry. Depois, lançou-os furiosamente na tela da TV.

– Que nojo! – gritou. Virou-se outra vez para o grupo de piratas. – *Poser!* – berrou, claramente referindo-se a Mal.

– Traidora! – Harry gritou para a TV.

Com os cotovelos apoiados na mesa, Uma observou os piratas.

– *Hello?* – gritou.

O grupo imediatamente atirou o que ainda tinham de comida na direção da TV. Falaram palavrões e enfim voltaram a descansar na posição em que se encontravam antes, chiando risadas cruéis.

Harry balançou o punho na direção da tela.

– Eu adoraria rasgar essa boca sorridente deles! Se é que você me entende... – ele disse, sorrindo enquanto seus olhos assustadores brilhavam.

Uma virou-se para o idiota do Gil, que estava ocupado comendo ovos.

– Gil! – ela latiu.

– Ahn? – respondeu o rapaz, totalmente desligado.

Uma aproximou-se dele.

– Quer parar de engolir essas gemas de ovo e prestar atenção ao que está acontecendo?

Com a boca ainda cheia, Gil murmurou e apontou:

– Sim, o que eles disseram!

Uma virou-se na direção dos outros.

– Essa traidorazinha, ela deixou a gente na *lama*.

Harry lambeu a comida em seus dedos.

– Ela deu as costas para o mal – constatou.

– E disse que você não era grande ou má o suficiente para estar no grupo dela – Gil lembrou Uma enquanto enchia outra vez a bandeja de comida, no balcão com acesso à cozinha.

– Quando vocês eram crianças. Certeza de que você se lembra – prosseguiu, falando com Uma, que agora fervia de raiva. – Ela a chamou de *Camarônica* e o apelido meio que... pegou.

Enquanto ele falava, os piratas permaneciam em silêncio.

Uma virou os olhos para Gil.

– Aquela bruxinha insignificante, que agarrou *tudo o que queria* – Uma rosnou. E rapidamente acrescentou: – E não deixou nada para mim.

Os piratas solenemente desviaram o olhar de Uma e olharam uns para os outros.

– Não – Gil respondeu, mastigando um punhado de batatas oleosas. – Ela deixou aquela caixa de areia para você – explicou, alheio à irritação de Uma. – E depois falou que você podia ficar com aquela pá barata...

Uma aproximou-se dele.

– Preciso que você pare de falar.

– Veja, agora temos o que era dela – Harry comentou com Uma. – Eles podem ficar em *Chata*-dom...

– Harry, *aquilo* é o que pertence a ela agora – Uma berrou, apontando para a TV, que ainda exibia a coletiva de imprensa de Mal. Então, desligou o aparelho. – E eu também quero. Não devemos nos contentar com as *sobras* dessa menina!

Uma agarrou o braço imundo da jaqueta vermelha de Harry.

– Filho de Gancho – falou. E agarrou o bíceps de Gil. – Filho de Gaston! – Olhou para o teto mofado. – E eu, acima de tudo, filha de Úrsula. – Olhou para Harry e prosseguiu: – Qual é o meu nome?

Harry tirou o chapéu e fez uma reverência para a garota.

– Uma – respondeu, sorrindo.

Olhou para Gil, que a encarava assustado.

– Qual é o meu nome? – berrou.

– Uma? – ele respondeu de boca cheia.

A garota suspirou e se virou para os outros piratas reunidos à sua frente na mesa.

– Qual é o meu nome? Qual é o meu nome? – gritou para eles.

– Uma! – responderam em uníssono.

Exatamente. Uma. No fundo do coração, Uma sentia que ela, e não Mal, era a verdadeira Princesa do Mal. Sentia que ela e seu grupo de piratas eram os seres de coração mais podre. E mostraria isso a Mal... de algum jeito. Uma andou com passos pesados sobre o topo da longa mesa, e seu grupo de piratas a aplaudiu.

Naquele momento, um longo tentáculo saiu da cozinha e foi na direção da garota.

Gritando, Uma deu um salto e desviou.

Seus piratas também se esquivaram nas laterais da mesa, evitando o ataque.

– *Calem as matracas!* – berrou a voz de Úrsula, vinda da cozinha.

– *Mããããse!* – Uma gritou. Jogou os cabelos para trás e olhou para seus piratas. – Tudo bem... – Sua voz agora era mais alta. – Porque, quando eu tiver a minha chance de espalhar o mal por Auradon, vou agarrá-la! Eles vão se esquecer daquela garota e se lembrarão do nome...

– Camaleônica – gritou Gil, batendo os punhos na mesa.

Todos olharam em silêncio para ele.

Harry encarou Uma, que assentiu. Ele então levou Gil até a porta e o jogou para fora da lanchonete.

Ela estava satisfeita por Gil ter recebido o que merecia. Mas não estava realmente feliz, não até Mal receber o que estava para receber.

9

DE VOLTA A AURADON, AS COISAS TAMBÉM NÃO ESTÃO
EXATAMENTE UM PACOTINHO DE PEIXE E FRITAS...
ESTOU VIRANDO UMA PRINCESA E PREPARANDO A ISCA PARA A
GRANDE NOITE. E NA ESPERANÇA DE QUE BEN A MORDA!

Era chegada a hora do piquenique perfeito de Mal e Ben no Lago da Reflexão.

Ben levara Mal para fazer um piquenique pela primeira vez logo que ela chegou à Escola Auradon. Na ocasião, eles viajaram pelo interior na Vespa de Ben. Ele a guiou a pé por um bosque. E, depois que os dois atravessaram uma incrível ponte suspensa cruzando um riacho, Ben colocou uma venda nos olhos de Mal e a conduziu com cuidado pela densa floresta, até enfim pararem. Quando ele pediu que ela abrisse os olhos, estavam no Lago Encantado, com a água jade cristalina e as plataformas de pedras de antigas pilastras cobertas por hera e flores. Foi uma surpresa que Mal sempre se lembrou com carinho.

Hoje era a vez de Mal surpreender Ben.

E ela mal via a hora de aquilo tudo acabar.

Em um gazebo com vista para o lago de águas calmas e verdes cercado pelo interior arborizado, Mal e Ben estavam sentados a uma mesa coberta por uma toalha dourada que ostentava todo tipo de mimo: sopa, entrada, ragu de carne, suflê de queijo, tortas, pudins, bolos em tons pastel, tortas de frutas frescas, pão quentinho e bandejas de aperitivos. Tudo preparado para um piquenique real, para fazer Ben sentir-se um convidado querido.

– Quer uma entrada quente? – Mal perguntou.

Ela usava um vestido azul-claro e os cabelos loiros soltos. E levava a comida até a boca de Ben.

Ele começou comendo os aperitivos, e elogiou:

– Isso é a melhor coisa que já comi na vida.

– Então você gostou? – Mal quis saber.

– *Mais* do que gostar, eu diria. – Ben se aproximou dela e pegou um biscoito de uma das bandejas. Depois, sentou-se novamente. – Gosto duas vezes.

Mal deu uma risadinha.

Ben apontou para uma tigela ao lado.

– Ragu de carne?

E pegou uma garfada.

– Eu surpreendi? Consegui surpreender? – ela perguntou com um sorriso cheio de curiosidade.

Mal levou um pouco de ragu de carne à boca.

– Sim. São todos pratos que a senhora Potts fazia para os meus pais! Quanto tempo você levou preparando tudo isso? Três dias?

Ben analisou o extravagante arranjo de pratos perfeitamente preparados.

Mal observou a cesta de piquenique na mesa ao seu lado.

– Nem... fale! – disse, rindo.

– Bem, para mim, significa muito você ter parado tudo e feito isso. Com toda a loucura que anda acontecendo na sua vida... – ele comentou.

E segurou a mão dela.

Mal não conseguia olhar nos olhos de Ben. Ela olhou para a mesa e sorriu.

Ben virou o rosto de Mal na direção do seu.

– Senti sua falta. – Acariciou a bochecha dela. – Nunca temos muito tempo só para nós dois.

Era verdade. Ben andava ocupado sendo rei e governando os Estados Unidos de Auradon.

E ela estava ocupada fingindo ser a garota perfeita para ele.

Mal limpou uma gota de molho do canto da boca de Ben.

Ele sorriu.

—Você não consegue me levar a lugar nenhum.

Mal deu risada. Dissera a mesma coisa a ele durante o primeiro piquenique no Lago Encantado, quando provou seu primeiro donut com geleia e ficou com açúcar nos lábios.

Ela começava a relaxar e se divertir.

Ben olhou em volta.

—Você... Você trouxe guardanapos?

E estendeu a mão na direção da cesta.

— Trouxe, sim — ela respondeu, sentindo o momento deslizar na direção do caos. — Posso pegá-los.

Porém, antes que Mal pudesse pegar um guardanapo para Ben, ele enfiou a mão na cesta e, em vez de achar o que procurava, acabou puxando o livro de feitiços de Mal.

Ela ficou boquiaberta, congelada.

Ben olhou a capa.

— O que é isso?

Com olhos arregalados, Mal o encarou.

—Eu... eu joguei aí na última hora para o caso de chover e precisarmos... e eu precisasse agir.

Mal tentou tirar o livro das mãos dele.

Ben folheou as várias páginas marcadas com notas adesivas.

– Feitiço da *leitura dinâmica*... Feitiço dos *cabelos loiros*... Feitiço da *culinária* – ele leu. Olhou para aquele banquete, fechou violentamente o livro e virou-se para Mal: – E eu aqui a elogiando por ter se saído tão bem! Por ter feito seu melhor! – ele falava alto e acenava uma desaprovação com a cabeça.

Mal começou a lançar um feitiço, balançando o dedo.

– *Apague este momento que acabou de acontecer*... – mordiscou o lábio, tentando lembrar as palavras certas. – *Substitua... Volte...*

– Você está tentando me enfeitiçar agora?

– Ben, as coisas têm sido tão complicadas para mim...

– Mal! – Ben gritou. – Qual é?! – Levantou-se e soltou o livro sobre a mesa. – Sim, tem coisas que são complicadas! Você acha que foi fácil aprender a ser rei?

– Não! – Mal respondeu.

– Pensei que estivéssemos nessa juntos! – ele gritou.

Sentada, Mal virou-se.

– A gente *está* nessa junto!

– Só que não – ele retrucou. – Não estamos, Mal. Você está guardando segredos... e... e mentindo para mim. Pensei que já tínhamos resolvido isso. Aqui não é a Ilha dos Perdidos, Mal!

Mal ficou entristecida.

– Acredite, eu sei – respondeu.

– Por que está agindo assim, então? – Ben implorou por saber.

– Por que eu *não* sou uma princesa de vestidinho rosa. Eu não sou uma dessas garotas, entende? Não passo de uma grande farsa! – Mal berrou. Apontou para seus cabelos e os pratos sobre a mesa. – Eu sou *fake*. Isso aqui é *fake*. – Suspirando, ela estendeu a mão na direção da mesa, pegou o livro de feitiços, encontrou uma página e lançou:

– *Pegue este banquete, esta refeição esplêndida, e transforme-a em uma coisa autêntica.*

Mal fez um círculo com o dedo e o banquete desapareceu. As bandejas, tigelas e pratos repletos de comida foram substituídos por um infeliz sanduíche de pasta de amendoim e geleia e um cookie.

– *Isso* é o que eu sou de verdade, Ben – Mal declarou, apontando para a refeição improvisada.

Seus olhos brilhavam com as lágrimas e ela deixou de olhar para Ben e começou a se afastar dele.

Ben estendeu a mão e lhe tocou o braço.

– Mal – chamou com delicadeza.

Mal se empurrou para longe dele.

– Não! – ela respondeu, distanciando-se com passos pesados, deixando Ben sozinho.

Para tentar fazê-la sentir-se melhor, ele pegou o sanduíche e gritou:

– Sanduíche de pasta de amendoim e geleia é o meu preferido!

Mas Mal já tinha ido embora.

Ben voltou à grade e olhou para o lago. Avistou a terra do outro lado da água verde e calma. Pensou em quantas vezes tinha passado tempo olhando a Ilha dos Perdidos assim, distante.

E agora se sentia mais distante do que nunca de Mal.

Quando Mal voltou à escola, entrou apressadamente em seu quarto e sentiu alívio ao encontrá-lo vazio.

Foi até a mesa de trabalho de Evie e se deparou com uma pequena caixa preta de tampa azul. Pegou um lápis apontado e o bateu várias vezes na tampa da caixa, perfurando-a.

– Eu não pertenço a este lugar! – gritou.

E correu até o aquário de sua mãe.

– Está bem – Mal murmurou, abrindo o tampo de vidro.

Pegou a pequena lagarta e a colocou dentro da caixa preta. Olhou para a mãe e deixou um risinho escapar em meio às lágrimas.

– Vamos acabar com esta piada, está bem? – Mal falou.

Ela não pertencia a Auradon... Não mais.

10

EU SABIA QUE TENTAR SER A NAMORADINHA
PERFEITA DE BEN SERIA UMA PÉSSIMA IDEIA.
ESTOU DANDO O FORA DAQUI.

De scooter, Mal deixou a floresta e parou na encosta.

Olhou para o Mar de Serenidade, para sua antiga casa. A barreira mágica piscou como uma memória por sobre a Ilha dos Perdidos, convidando-a. Mal continuava chorando. Abriu o visor do capacete e tirou o livro de feitiços da bolsa. Folheou-o até encontrar o que procurava. E aí cantarolou:

— *Nobre corcel, como ninguém capaz de se movimentar, leve-me a qualquer outro lugar.*

E ergueu o dedo.

A scooter ganhou vida e uma nova estampa feita com spray.

Mal baixou o visor e respirou fundo.

– Por favor, funcione.

Sua voz era desesperada. Ela analisou a superfície do mar na direção da ilha de prisioneiros exilados e ficou de olhos arregalados.

Em uma fração de segundo, a scooter encantada de Mal atravessou a barreira e desapareceu.

Logo em seguida, passou por uma rua suja, tomada por piratas malvestidos e imundos vendendo bugigangas diante de fachadas de lojas decadentes. A scooter agora parecia precária, como se tivesse sido espancada ao passar pela barreira. Um pirata pulou para fora do caminho de Mal. Outro escondeu a cabeça atrás do jornal que estava lendo. Mal parou para analisar um pôster vandalizado do Baile Real, com Rei Ben e uma versão loira dela, usando vestido rosa e luvas de renda branca. Dizia: OS EVENTOS DA NOITE SERÃO TRANSMITIDOS PELA TELEVISÃO REAL DE AURADON. Sobre o rosto de Ben, alguém havia pichado um tapa-olho e um cavanhaque; um X roxo fora riscado sobre o rosto de Mal, e MENINA BOAZINHA escrito sobre seu corpo.

Mal lembrou-se dos tempos em que *ela* era a vândala fazendo pichações e sentiu-se ofendida ao se dar conta de que tinha se tornado a vítima dos vândalos. Era estranho ser parte, ali na Ilha, do grupinho de Ben, cuja reputação era boa. Mal queria acabar com aquela imagem de menina boazinha — e logo.

Ela abriu o visor do capacete. Rasgou o pôster, amassou-o, jogou-o para trás, baixou outra vez o visor e seguiu seu caminho. Os piratas na rua a olharam espantados, amedrontados. A scooter de Mal rugiu por outra rua imunda. As pessoas pulavam para fora de seu caminho. Algumas balançavam os punhos fechados para ela.

Mal sorriu. Estava em casa.

Pouco depois, passou por um beco infestado de ladrões malvestidos, servos e batedores de carteiras. Estacionou a scooter debaixo da escada do antigo esconderijo de sua turma. Era uma casa empoleirada na estrutura dilapidada de uma ponte que não tinha mais qualquer utilidade. Havia um portão protegendo um lance de escadas que levava à entrada na parte superior, onde um cartaz dizia ILHA DOS PERDIDOS com letras que piscavam, mas que não combinavam. Na parte inferior do esconderijo havia um megafone feito de chifre, com o qual os visitantes podiam anunciar sua presença. Mal tirou o capacete e observou os arredores conhecidos.

Pegou uma pedra e lançou-a contra o aviso que dizia PEDRAS VOADORAS, e então o portão se abriu. Mal passou por debaixo dele e subiu as escadas. Parou no patamar para ter uma vista geral da Ilha. Continuava tão sem vida e horrível quanto sempre. Mal sorriu e continuou subindo até chegar ao topo, então entrou no esconderijo vazio. Lâmpadas expostas e pedaços de trapos dependuravam-se no teto e as pichações na parede diziam: VAMOS NOS LEVANTAR!, VINGANÇA! e ACABAREMOS COM AURADON!

O esconderijo continuava exatamente como Mal e seus amigos o haviam deixado.

Em Auradon, Ben revisava os documentos reais oficiais em sua mesa na biblioteca.

— Deborah, por favor, peça a Lumière para me ligar para conversarmos sobre o Baile. Obrigado — falou junto ao fone que usava.

Olhou para a pilha de papéis emoldurados com a bandeira de Auradon na mesa à sua frente. Mergulhou a pena na tinta e pegou outra folha com o brasão de Auradon para revisar. A cadeira de couro na qual estava sentado não era um trono, mas o lugar onde com mais frequência Ben realizava suas atividades reais quando não estava em reuniões do conselho. O escritório também funcionava como esconderijo quando as coisas davam errado, como depois da briga com Mal no lago. Ben fez que não com a cabeça, como se tentasse entender o que estava acontecendo, e assinou o documento. Sobre a lareira, o porta-retratos com sua fotografia o encarou, como se o julgasse.

Evie bateu e passou o rosto pela porta.

— Ben — chamou baixinho.

Ben ergueu outra vez o olhar e seu rosto se iluminou.

— Evie! Entre!

E tirou o fone.

Ela empurrou a porta, entrou, fechou-a discretamente e o encarou. Seus lábios tremiam e seus olhos brilhavam. Evie segurava uma folha de papel em suas mãos trêmulas.

— Mal voltou para a Ilha — anunciou. — Voltou de vez.

Ben ficou paralisado.

Evie foi até a mesa e entregou a nota a ele. Também entregou o anel de ouro brilhante com a cabeça de fera, que no passado pertencera a seu pai.

Ben ficou de olhos arregalados. Segurou a nota e leu o que Mal havia escrito. Depois, amassou o papel.

— A culpa é minha. A culpa é minha! — rugiu. — Eu estraguei tudo. Ela anda sofrendo tanta pressão ultimamente. E, em vez de entender, eu... eu virei uma Fera com ela! – Ben soltou o corpo sobre a mesa. – Preciso ir até lá e me desculpar. Preciso voltar atrás! E implorar para ela...

–Você *nunca* vai encontrá-la – Evie alertou.

Ben foi atrás da mesa, até a janela, e olhou o gramado.

–Você precisaria conhecer a Ilha e como ela funciona. Teria que conhecer nossos esconderijos... – Evie expirou. Pareceu pensativa antes de dizer: –Você precisa me levar com você.

Ben deu meia-volta, afastando o olhar da janela.

– Isso! – Seu rosto se iluminou. Depois, apertou os olhos. – Ah, quero dizer, você tem certeza?

A expressão de Evie endureceu.

– Sim – ela respondeu, ajeitando a coluna para parecer mais alta. – Mal é minha melhor amiga. – Evie deu meia-volta. – E também devemos levar os meninos, porque em quantos mais formos, mais seguros estaremos. E, a essa altura, nenhum de nós é muito popular por lá.

– Obrigado, Evie – Ben agradeceu.

Ela se virou para encará-lo.

– Mas primeiro, vamos deixar algumas coisas claras.

Ben a encarou, esperando.

— Você tem que me prometer que eu não vou ficar presa lá outra vez — ela pediu.

— Eu prometo — Ben garantiu.

— Está bem — Evie concordou. Então, olhou para o terno azul-royal de Ben. — E você não pode, de jeito nenhum, chegar à Ilha vestido assim.

11

ESTOU NA ILHA HÁ CINCO SEGUNDOS E
JÁ ME SINTO *MUITO* MELHOR.
AGORA É HORA DE VOLTAR ÀS MINHAS RAÍZES DE VILÃ.
QUE MELHOR FORMA DE FAZER ISSO DO QUE TER
MINHA ANTIGA APARÊNCIA?

Mal marchou pelas estreitas ruas de parale-
lepípedos e chegou à Praça da Feiticeira.
À sua volta, os eternos fracassados da Ilha andavam de um lado a outro sob varais com roupas
imundas e úmidas. Os comerciantes consertavam
suas barracas surradas, ostentando objetos velhos
à venda. Mal seguiu pela rua molhada e grudenta
até chegar às portas duplas de um salão de beleza

horroroso. Um letreiro detonado mostrava uma tesoura gigante e uma garrafa de perfume com os dizeres: *Lady Tremaine Corte & Tintura*. Mal leu uma placa com um relógio em uma das portas, contendo o aviso: FECHADO ATÉ MEIA-NOITE. Olhou em volta e, quando não havia ninguém por perto, abriu a porta com tinta descascando e avançou rápida e discretamente.

Mal entrou na construção decrépita, empurrou painéis de plástico e encontrou uma garota varrendo uma área colorida do salão. O espaço tinha canos e fios expostos no teto, secadores de cabelo feitos de peças de outras máquinas reunidas e potes de vidro fumegantes com tintas coloridas ligadas a um sistema de canos que as lançava em uma banheira. Além do mais, o lugar todo – desde as paredes, onde os espelhos rachados estavam dependurados, até as cadeiras desconfortáveis e que não combinavam entre si – estava salpicado de amostras de todas as cores mais vibrantes de tinta.

Dizzy, a neta de Lady Tremaine, usava um fone de ouvido dourado enorme, decorado com flores minúsculas e miçangas peroladas. Dizzy não ouviu Mal entrar no salão e continuou varrendo, movimentando-se como se estivesse dançando com a vassoura. Usava um vestido multicolorido, maquiagem olho de gato e cada uma das unhas pintadas de uma cor diferente. Os cabelos castanhos estavam presos em um coque, e as pontas eram tingidas de rosa neon. Dizzy virou-se e, ao ver Mal parada ali, tirou os fones.

— Mal! — O rosto sardento da garota se iluminou. — Evie também voltou?

Mal deixou uma risadinha escapar.

— Há-há! Até parece! — Levou a mão à cintura e deu uma volta para olhar o salão. Então disse:
— Eu, é... Tinha esquecido que vocês não abrem antes da meia-noite.

Dizzy assentiu.

— Mas o salão está muito bonito — Mal elogiou.

Dizzy sorriu. Embora fosse apenas poucos anos mais nova do que Mal, Dizzy a admirava muito e valorizava suas opiniões.

Mal olhou para as luvas e o avental de Dizzy, depois para a pilha de cabelos que ela estava varrendo.

— Então, como está? Sua avó passou alguns clientes para você ou...

Dizzy deu de ombros.

— Só uma bruxa aqui e outra ali. Na maior parte do tempo, meu trabalho é esfregar, limpar e varrer. — Olhou para a pilha de cabelos. — Varrer um monte, um monte...

Mal deu uma risadinha.

— O velho tratamento da Cinderella, não é?

– É, ela se transformou de madrasta má em avó má.

– Não mudou muita coisa, então. Ei, Dizzy, você costumava produzir a Evie, certo?

Dizzy abriu um sorriso enorme e assentiu.

– Sim. Fui eu quem pensou nas trancinhas!

–Tem alguma ideia para mim? – Mal perguntou.

Dizzy se aproximou e analisou Mal. Pegou uma mecha dos cabelos loiros da garota.

– Loiro platinado com pontas roxas? Não é o melhor de nenhum dos mundos. – Dizzy soltou os fios e olhou Mal no rosto. – Hum, não dá para saber onde seu rosto termina e onde os cabelos começam.

Ela então apontou para a cadeira mais próxima, onde Mal se sentou. Segurou a mão e avaliou as unhas da nova cliente.

– Minha nossa! O que é isso? Rosa Tédio? – Ficou de frente para Mal. – Até que ponto posso ser desafiadora? – perguntou com um tom malicioso.

Mal sorriu.

– Francamente, o quanto quiser – Mal respondeu friamente. – Quero dizer, qualquer coisa que me faça sentir que sou eu mesma, mas… mas muito pior.

E, com seus olhos verdes brilhando, encarou Dizzy.

– Legal! – Dizzy comemorou, apressando-se a caminho de uma mesa, onde pegou uma tesoura de jardim enferrujada.

Abriu e fechou a tesoura duas vezes, depois virou-se outra vez para sua cliente. Um sorriso brotou no rosto de Mal. *Que comece a transformação.*

Dizzy deu início ao trabalho. Primeiro, na pia, tingiu os cabelos de roxo. Usou as tesouras de jardim para cortar as pontas dos fios já roxos e enrolou as madeixas em latas de refrigerante. Depois, Dizzy fez Mal se sentar debaixo de um secador para que as ondas pudessem fixar. Enquanto isso, aplicou uma camada de esmalte preto nas unhas de sua nova cliente. Por fim, girou a cadeira de Mal para lhe mostrar a grande revelação. Mal saltou da cadeira e analisou o resultado nos fragmentos do espelho estilhaçado na parede.

Seus cabelos longos e lavandas estavam abaixo dos ombros, e os olhos verdes brilhantes se iluminaram sob a franja irregular. Ela sorriu. Era a filha perfeita de uma vilã. Agora esse fato era inegável.

Exibindo o maior sorriso imaginável, Dizzy avaliou seu trabalho.

— Ah, agora sim sou eu! — constatou Mal toda animada.

— *Voilà!* — exclamou Dizzy.

— *Voilà!* — ecoou Mal, virando-se para a colega e lhe entregando alguns dólares.

Dizzy levou a mão ao peito.

— Para mim? — perguntou incrédula.

Mal assentiu.

— Sim! Você trabalhou por isso.

Dizzy pegou o dinheiro da mão de Mal e marchou até a caixa registradora do salão.

Harry Hook apareceu na entrada do salão e foi até a registradora.

— Pode ir passando!

Dizzy ficou congelada. Mal continuou onde estava, sem ser notada por Harry.

Com a mão estendida, ele sorriu para Dizzy.

Cabisbaixa e frustrada, ela lentamente entregou o dinheiro.

— E o resto também, Quatro Olhos — Harry chiou.

Dizzy deu a volta no caixa, abriu a gaveta e entregou a Harry tudo o que havia ali dentro. Apoiou os cotovelos na registradora e descansou o queixo sombriamente na mão.

— Obrigado — Harry falou, já se virando para sair.

— Continua trabalhando para Uma? Ou você agora fica com o que rouba? — Mal se intrometeu.

Harry virou-se e sorriu ao vê-la.

— Veja só quem chegou... Que surpresa mais agradável.

Mal sorriu.

— Oi, Harry.

Harry aproximou-se dela e balançou o gancho em sua mão.

— Espere só até Uma descobrir que você voltou. Sabe, ela nunca vai devolver seu antigo território.

Mal negou com a cabeça.

— Ela não vai precisar devolver. Eu vou tomar de volta.

Harry apontou seu gancho para Mal.

— Sabe, eu poderia feri-la.

Mal agarrou o punho dele.

— Ah, bem... — Ela cuspiu o chiclete que estava mascando bem na ponta do gancho de Harry. — Aposto que não pode me ferir sem que ela dê permissão — provocou, olhando bem nos olhos de Harry.

Ele sorriu, foi até a porta e deixou o estabelecimento, mas não sem antes usar o gancho para jogar no chão algumas bugigangas que estavam no caixa.

Mal e Dizzy o viram sair.

Dizzy virou os olhos.

– Que ótimo – resmungou. –Vou ter que voltar a varrer.

Jay, Ben, Evie e Carlos desceram as escadas rumo à limusine real que os aguardava. Graças às habilidades de costureira e ao talento de Evie para a moda, Ben usava uma combinação inspirada pela Ilha, composta por uma jaqueta de couro azul surrada com tachas metálicas, uma boina azul, luvas de couro também azuis, calças azuis e botas pretas. Aliás, todo o grupo agora usava suas roupas da Ilha. Evie estava linda de jaqueta de couro azul e saia combinando; Jay usava calça de veludo vermelha e azul, jaqueta de couro e boina; Carlos, calça vermelha e preta, jaqueta de couro e luvas. Estavam prontos para a Ilha. Não era para fracos. Seus pés tocaram a calçada em frente à escola, onde o veículo preto e enorme esperava.

– Chaves. Controle remoto – Ben falou, jogando os dois itens para Jay. –Vamos.

– Espere – Evie pediu.

Todos se reuniram ao pé da escada.

— Tem alguma coisa errada — ela avisou.

Todos a encararam ansiosos.

Evie parou diante de Ben, puxou sua boina um pouco mais para trás, deu uma mexida na jaqueta e sorriu.

— Pronto — constatou satisfeita.

De repente, Dude apareceu atrás deles nas escadas.

— Viajar! — exclamou.

— Dude, não! — respondeu Carlos. — Fique aqui! A Ilha é perigosa demais.

Ben, Evie e Jay ficaram boquiabertos com Dude.

— Ele acabou de... falar? — Jay perguntou.

— É, eu sei. Depois conto o que aconteceu — respondeu Carlos.

Todos se olharam por um breve instante e balançaram as cabeças.

— Vamos — Ben chamou, decidido a superar o choque de ouvir um cachorro falar.

Confusos, todos entraram na limusine. Repleta de botões, dispositivos, refrigerantes e uma ampla variedade de doces coloridos, era a mesma que trouxera Mal, Evie, Jay e Carlos à Escola Auradon. Jay e Carlos saborearam chocolate com pasta de amendoim pela primeira vez naquela limusine. Mas Jay jamais a tinha dirigido. Ele abriu um sorriso maldoso, agarrou o volante e deu a partida.

A limusine avançou para longe do colégio.

12

LOOK CRUEL? MISSÃO CUMPRIDA.
PRÓXIMA TAREFA: TOMAR O MEU TERRITÓRIO DE UMA.

A noite caía na Ilha dos Perdidos quando a limusine parou diante de um depósito vazio.

Jay, Carlos, Evie e Ben saíram do veículo e bateram a porta. À sua volta havia caixas de transporte de madeira lascada, trapos velhos empilhados e fedidos, paredes de metal corrugado enferrujado e barris sujos de lodo.

Também havia um enorme cano de metal enferrujado transformado em túnel, que entrava em uma parede de pedra.

— Ben — Carlos chamou, correndo na direção da pilha de trapos. — Me ajude com a lona.

Ben e Carlos levaram a lona para Evie e Jay, então os quatro começaram a cobrir a limusine. Afinal, o carro se destacava como uma moeda nova e brilhante em uma pilha de lixo, e os amigos não queriam levantar nenhuma suspeita em quem passasse por ali. Aliás, levantar suspeita era a última coisa de que precisavam.

Evie olhou desconfortavelmente em volta.

— É muito esquisito estar outra vez aqui — comentou com Jay.

— Não vamos demorar para ir embora daqui — ele assegurou.

— *Jay* — Carlos chamou, jogando metade da lona por cima da limusine, na direção do amigo.

Jay e Evie seguraram a lona e terminaram de esconder completamente a limusine.

Enquanto isso, Ben foi até o túnel gigante e enferrujado e olhou ali dentro por um longo instante.

— Ei, o que tem aqui? — gritou para os outros.

Carlos, Jay e Evie correram ao lado dele.

— Nem queira saber — respondeu.

Carlos puxou Ben para longe da abertura.

— Ei, pessoal — Carlos virou-se para todo o grupo. — Mantenham a calma, está bem? A última coisa de que precisamos é que nossos pais descubram que estamos aqui.

Seus amigos assentiram, concordando, enquanto deixavam de olhar para o carro e passavam a analisar uma esquina escura.

Entraram em uma ruela judiada, onde trapos desgastados se dependuravam em tuc-tucs e cobriam entradas imundas. Duas crianças maltrapilhas, usando casacos surrados, correram na direção de Evie e uma delas tentou bater sua carteira.

– Ei! – Evie gritou. E agarrou um braço de cada criança. – Ei, o que você está fazendo?

Eles tentaram enfrentá-la, debatendo-se como duas cobras.

– Parem! – ordenou Evie.

Ela soltou as crianças, enfiou a mão no bolso, pegou sua bolsinha de moedas e mostrou para eles.

– Aqui, podem pegar – ofereceu, entregando a bolsinha a uma das crianças.

A criancinha agarrou o prêmio e saiu correndo.

Evie virou-se para Jay e Carlos e percebeu que Ben não estava por perto.

– Ben – Evie chamou, suspirando.

Os três marcharam pelo beco, tentando encontrá-lo.

Ben havia andado na frente dos amigos e entrado na feira livre de Low Tide Lane, um beco distante onde piratas vendiam seus produtos decrépitos. Ele olhou em volta, para a confusão de barris, lanternas e lascas de madeira. Os letreiros anunciavam mato, areia, peixes horríveis da lagoa e vermes; uma placa escura com uma seta branca apontando na direção oposta dizia: DE JEITO NENHUM. Piratas com aspecto de cansados cochilavam atrás de carrinhos improvisados enquanto outros carregavam cestos de lixo. Ben estava impressionado com a Ilha, que até então não passava de um lugar do qual ele só tinha ouvido falar.

Era muito pior do que ele esperava. Mesmo assim, ele ainda conseguia encontrar uma beleza curiosa em tudo aquilo.

Quando pousou o olhar em um pirata maltrapilho, Ben assentiu e sorriu para a criatura. O pirata o encarou. Ben estendeu o braço, oferecendo um aperto de mãos, mas o desconhecido saltou em sua direção e rosnou.

Evie apareceu ali com Jay e Carlos e agarrou o braço de Ben.

– Pare. Pare com isso!

Carlos se posicionou entre Ben e o pirata desgrenhado, pronto para lutar, mas Jay puxou-o para trás. Agora não era hora de começar uma briga. Por sorte, o pirata não estava interessado em enfrentar Carlos.

Ben olhou para os amigos.

— *O que foi?* — perguntou, dando de ombros, sem entender por que exatamente todos estavam tão preocupados.

Afinal, ele acreditava que existia bondade dentro de todo mundo — mesmo ali, na Ilha.

— Isto aqui não é uma festa. Isto aqui é a *Ilha* — Evie alertou.

— Fique com as mãos nos bolsos, a não ser que esteja roubando — aconselhou Jay.

— É. É melhor fechar a cara aqui — falou Carlos.

— E nunca, jamais, sorrir — complementou Evie.

Ben assentiu.

— Está bem, obrigado, pessoal...

— Não! — Evie pediu silêncio. — Deixe os agradecimentos de lado. E também não fale *por favor!* Só... fique tranquilo.

Evie, Carlos e Jay continuaram explicando a Ben que ele teria de se esforçar para se adequar mais à Ilha e evitar olhares desconfiados. Eles explicaram a importância de arrastar os pés ao andar, mexer a cabeça e parecer tranquilo. Ensinaram-no a não se importar ou encarar e a se cuidar, a andar por aí como um verdadeiro vilão. Ben processou todas as informações. Em poucos minutos, começou a andar e não conseguia parar de rir, satisfeito consigo mesmo por se adequar perfeitamente à Ilha. Ben havia realmente entrado no personagem.

Agora que ele dominava a arte de parecer um vilão, o grupo seguiu a caminho de um beco. Enfim era hora de encontrar Mal e trazê-la de volta.

Não distante dali, o filho idiota de Gaston, Gil, roubava ovos de um comerciante. Seus ovos tinham acabado e ele precisava de mais proteína para alimentar seus músculos. Gil virou-se e se deparou com Ben.

— E aí, cara? — Gil falou irritado. E olhou Ben de cima a baixo. — Ei, cara... Eu conheço você!

— Não! — Ben respondeu, dando de ombros e virando as costas para Gil. — E eu também não conheço você, então...

— Não, não, não! Sim, você sem dúvida me conhece! Qual é, cara! Qual é? Você me conhece! Está bem, está bem. Vou dar uma pista, pode ser? — Ele sorriu. — Meu pai é forte, rápido e tem um pescoço incrivelmente grosso.

Ben olhou confuso para ele, então trocou olhares com seus amigos.

— Nada? — Gil perguntou. — Qual é, cara?! Você é... — Gil, com sua luva amarela, apontou para um pôster do Rei Ben em um muro do beco, com a frase MARIA VAI COM AS OUTRAS pichada com spray preto.

Então Gil apontou para Ben. Aí repetiu o gesto algumas vezes mais, até tudo começar a fazer sentido. Gil era um pouco lento, para dizer o mínimo.

– Caramba! Você é o Rei Ben! – exclamou.

– Ah. Vamos embora – Evie chamou, empurrando Ben para que ele passasse por Gil enquanto Jay e Carlos os acompanhavam.

– Não, sério! Você é o Rei Ben – Gil gritou, observando-os passar. – E vocês são Jay, Carlos, Evie... oi, pessoal! – continuou todo alegre antes de sua expressão se transformar em um sorriso horrível: – Uma vai adorar saber disso!

Ele mal conseguia conter sua animação. Gil virou-se e saiu correndo.

Não demorou para Jay, Evie, Ben e Carlos chegarem ao pé do esconderijo na ponte, onde sabiam que encontrariam Mal. Ben avistou a scooter debaixo da escada e inspecionou a lataria surrada e pichada. Jamais lhe passara pela cabeça que aquele presente dado por ele pudesse levar Mal à Ilha.

Enquanto isso, Jay pegou uma pedra e a jogou no letreiro. O portão abriu e ele empurrou Ben na direção das escadas. Ben observou a escuridão da escada que levava ao topo do esconderijo. Depois olhou outra vez para os amigos.

– Me desejem sorte.

E começou a subir as escadas.

Enquanto o viam desaparecer, Jay, Evie e Carlos se sentaram, prontos para esperar.

13

MEU VELHO ESCONDERIJO DEFINITIVAMENTE
NÃO É MAIS O QUE COSTUMAVA SER.
MAS NADA QUE UM POUCO DE SPRAY NÃO RESOLVA.

Naquela torre capenga, Ben subiu os degraus na direção do chiado de uma lata de spray.

Parou em uma plataforma, notou a vibração suja e úmida do chão e seguiu o barulho até um lance de escadas que levava ao esconderijo de Mal. De olhos arregalados, ele observou as paredes pichadas e seguiu seu caminho.

Parou de repente. Ali estava Mal, em cima de um velho baú, olhando para a parede e trabalhando furiosamente em um autorretrato que mostrava seus cabelos roxos, como ela era na Ilha, e provocando sua versão "princesa loira" de Auradon.

Aquilo sim era transmitir uma mensagem.

Ben aproximou-se discretamente.

— Pelo menos não estou vendo a minha imagem com chifres e um tridente — falou em tom de brincadeira.

Mal deu meia-volta.

— Ben — falou surpresa.

Ele deu mais um passo na direção dela.

Mal ergueu a mão, sinalizando para que ele parasse.

Ben ficou congelado.

— Mal, desculpa pela nossa briga. A culpa foi minha. — Ele estendeu a mão com o anel da fera. — Por favor, venha para casa.

Cabisbaixa, Mal desceu do baú e jogou a lata de tinta em um carrinho de supermercado enferrujado.

— Ben, *aqui* é a *minha* casa — explicou com uma voz leve.

Parou diante dele, deixando espaço entre os dois.

Ben lançou um sorriso caloroso na direção de Mal.

— Eu trouxe a limusine. O caminho é legal.

Mal passou um instante analisando o anel da fera, depois cruzou os braços.

— Eu não me encaixo lá. Eu tentei, de verdade, Ben. Eu tentei, mesmo. E, se você acha que posso mudar, está *errado*.

Ben abriu os braços.

— Então *eu* mudo. Vou matar aula, vou ignorar algumas responsabilidades.

— Não! Não! — Mal sacudiu a cabeça. — Está vendo? Eu sou uma péssima influência. Quero dizer, é só uma questão de tempo para eu fazer alguma coisa tão errada que as pessoas vão querer se vingar não só de mim, mas também de *você!*

Ben segurou a mão dela.

— Não abandone *a gente,* Mal. O povo te ama. *Eu* te amo.

E lhe entregou o anel.

Mal o observou em silêncio. Não sabia direito o que dizer.

— *Você* não *me* ama? — Ben perguntou baixinho.

Mal pegou o anel, colocou na mão dele e a fechou.

— Eu tenho que sair de cena porque assim é melhor pra você e para Auradon.

Ben deu um passo na direção dela.

— Mal, por favor.

Ela levou a mão ao peito de Ben para contê-lo.

— Eu não posso fazer isso. — Mal virou-se e foi até o carrinho, onde pegou outra lata de spray. —Você precisa ir — disse antes de subir no baú e olhar para a parede. Depois, virou-se e percebeu que Ben continuava ali. — Ben, por favor, vá embora. Por favor, vá embora.

Cabisbaixo, ele lentamente deixou a sala, até desaparecer da vista.

De repente, Mal sentiu-se tão agitada quanto sua lata de spray.

E fez seu melhor para não chorar.

Lá fora, Carlos, Jay e Evie se levantaram ao ouvirem Ben descendo as escadas.

O portão abriu, Ben passou, o portão fechou.

— Ela não vai voltar — ele anunciou, passando pelos amigos e seguindo rumo ao beco abandonado.

Evie ficou de queixo caído.

— Como é que é?! — exclamou.

Carlos e Jay trocaram olhares alarmados.

Evie foi até o portão, mas ele estava fechado. Era tarde demais. Foi até o megafone e falou:

— M.? Mal? Deixa a gente subir. Só queremos conversar.

Dentro do esconderijo, Mal puxou uma alavanca enorme para trancar o portão. Sua voz soou através do chifre do megafone:

— Vá embora!

Sem saberem o que fazer ou dizer, Evie, Jay e Carlos olharam um para o outro.

Jay apoiou a mão no ombro de Evie:

— Vamos dar algumas horas para ela esfriar a cabeça, pode ser?

Carlos olhou para o beco decorado com trapos.

— Pessoal... — disse.

Jay e Evie se posicionaram ao lado dele. E então Evie falou:

— O que foi?

— Cadê o Ben? — Carlos quis saber.

Uma silhueta veio na direção deles.

— Ben? — Evie suspirou aliviada. — Ben! Não assuste a gente desse jeito!

A criatura se aproximou. Mas não era Ben.

— Não assustar? — Harry repetiu com doçura.

— Mas você sabe que essa é a minha especialidade.

— Harry! — Evie arfou.

Jay deu um passo na direção do intruso.

— O que você fez com Ben? — ele exigiu saber.

— Hummm? Ah! A gente sequestrou ele. Sim, e se quiser voltar a vê-lo, faça Mal aparecer na lanchonete esta noite. Sozinha. Uma está esperando uma visitinha. — Harry sorriu e olhou para o grupo, e mais demoradamente para Jay.

— Ah, que peninha! Parece que você não está com a bola toda, Jay.

Jay saltou na direção de Harry, mas Carlos o segurou.

Harry deu risada, depois começou a assobiar enquanto seguia seu caminho pelo beco.

Evie, Jay e Carlos ficaram olhando, horrorizados.

Dentro do esconderijo, Mal confrontou Evie, Jay e Carlos.

— Se vocês não tivessem trazido Ben aqui, nada disso teria acontecido! O que tinham na cabeça? — Mal berrou.

— M., ele viria com ou sem a gente. Nós quisemos protegê-lo — Evie explicou.

— É, e falhamos — Carlos acrescentou, erguendo os braços.

— Ora, ora, o que nós vamos fazer? — Jay quis saber.

— *Nós* não vamos fazer nada — Mal insistiu, parando diante dos amigos. — Isso é entre mim e Uma. Ela é uma punk e agora *eu* tenho que ir lá buscá-lo.

Mal puxou a mochila de couro cravejada do sofá velho e empoeirado.

Sentiu o peso de seu livro de feitiços dentro da mochila. *Queria poder usá-lo aqui para nos tirar dessa enrascada,* pensou. *As regras idiotas de Auradon atacam outra vez.*

— Caraaamba, Mal. Você vai ter que passar por Harry Hook e seus ratos, e Gil... — percebeu Carlos.

— Exatamente. Você precisa de nós — Jay anunciou.

Mal negou com a cabeça.

— Uma disse para eu ir sozinha.

Evie levou a mão à cintura.

— Mal, por favor.

Carlos deu de ombros e olhou para Evie e Jay.

— Ela não tem escolha.

Ao se dar conta de que ele estava certo, Evie suspirou.

— Só sei de uma coisa — Carlos anunciou. — Eu não vou a lugar nenhum.

E sentou-se no sofá.

Jay assentiu.

— Estaremos bem aqui quando você voltar.

14

DROGA! SÉRIO, POR QUE MEUS AMIGOS TIVERAM QUE VIR AQUI? ASSIM QUE RESGATAR BEN DE UMA, VOU MANDAR TODO MUNDO PARA SUAS CASAS. P.S.: MAL POSSO ESPERAR PARA VER A CARA DELA QUANDO EU CONTAR QUE A PRINCESA DO MAL VOLTOU – E PARA FICAR.

Com seu avental, Uma saiu da cozinha da lanchonete de Úrsula.

Trazia uma bandeja de peixe e fritas em cada mão e soltou uma delas em uma longa mesa de madeira, em frente a uma pirata velha que mais parecia estar vestida com um saco de batatas. O peixe e as fritas voaram da bandeja com o impacto e caíram sobre a mesa imunda.

– Ei! Eu pedi molusco frito! – a freguesa gritou toda irritada para Uma.

Os outros clientes logo ergueram o olhar para ver a movimentação.

Com uma expressão ameaçadora, Uma aproximou-se da cliente:

– E eu queria ter um pônei do mar. Fazer o quê? A vida não é justa.

A cliente baixou a bola.

Uma atravessou o salão e grosseiramente soltou a segunda bandeja sobre outra mesa.

– Seu pedido – murmurou.

Ergueu o olhar e um sorriso brotou em seu rosto quando ela viu as portas articuladas verdes da lanchonete se abrirem e Mal entrar com passos pesados no estabelecimento.

Mal parou na passagem da porta.

– Eu volte-e-e-ei! – cantarolou.

Uma adotou ares de superioridade.

– Fracassada, rejeitada – falou. – Venha aqui, por favor. – Apontou para uma mesa vazia.

Enquanto Mal se aproximava, a garota chutou uma cadeira na direção dela. Mas Mal agiu com rapidez. Segurou as costas da cadeira, virou-a e lançou-a outra vez na direção da mesa. Uma assistiu de braços cruzados.

Mal sorriu com satisfação.

– Este lugar continua uma espelunca – apontou.

— Ah, eu sinto muito — respondeu Uma, fingindo preocupação. — Hoje um dos nossos mordomos faltou, *princesa*.

Uma riu outra vez enquanto deslizava o olhar pela lanchonete fétida e para seus colegas piratas.

— Onde ele está? — Mal quis saber, indo direto ao assunto.

Uma tirou seu avental imundo, soltou-o no chão e começou a andar de um lado a outro na frente de Mal.

— Sabe, eu sonhei muito com este dia — provocou Uma, sorrindo. Em seguida, sua expressão endureceu. — *Você* precisando de algo de *mim,* e eu a vendo se repuxar como uma minhoca em um anzol.

Uma olhou para os piratas, que assentiram. E sorriu outra vez.

Mal deixou escapar uma risada rápida.

— Fico muito lisonjeada por você sonhar comigo. Já eu, desde que fui embora, nunca mais pensei em você.

— Ah, claro — retrucou Uma, dando passos pesados até seu rosto estar a poucos centímetros do de Mal. — Você tem a sua vidinha perfeita, não tem? E aqui faz vinte anos que os funcionários da coleta de lixo estão em greve.

Uma contornou a mesa e colocou a mão na cadeira diante de Mal.

– Ouça, se você tem alguma coisa para acertar comigo, que resolva comigo. Não vejo motivos para envolver Ben nisso – Mal lançou.

– Hum, talvez não seja necessário, mas é *muito* divertido. – Uma contornou novamente a mesa e aproximou outra vez seu rosto do de Mal. Em seguida, sorriu. – Aqui está o acordo.

Mal a interrompeu com uma risada.

– Exatamente como a sua mãe. Sempre igual.

Uma rolou as mangas e sentou-se diante de Mal. Bateu o cotovelo na mesa como quem está prestes a enfrentar uma queda de braço.

– Se você vencer, Ben estará livre para ir embora – falou.

Mal gostava de um desafio. Então, também apoiou o cotovelo na mesa.

Os clientes logo perceberam que havia alguma coisa acontecendo e se levantaram de suas mesas, formando um círculo em volta das garotas.

Uma sorriu.

– Ah, não quer saber o que *eu* recebo se vencer?

– Ainda está sonhando? – Mal falou.

Uma deu risada.

– Sabe, pelo que me lembro, sua mãe também pensou que sairia vencedora – disse Uma. – Como ficou a situação dela?

Mandou bem, pensou Mal.

– No três – ela falou, olhando nos olhos de Uma.

– Um – Uma contou toda sorridente.

– Dois – Mal continuou apaticamente, sem demonstrar nenhuma emoção.

– Três – as duas disseram em uníssono.

Mal e Uma deram início a uma queda de braço, sem em momento algum deixarem de olhar uma nos olhos da outra. Seus braços tremiam. Os piratas assistiam e sussurravam.

– Sabe todo aquele fingimento de ser princesa? – falou Uma. – Não acreditei nem por um segundo. Podem até colocar uma tiara na vilã, mas ela continua sendo uma vilã.

– Ah, e você pode colocar um chapéu de pirata, mas continua sendo uma Camarônica – Mal retrucou.

Uma vacilou por uma fração de segundo, mas logo recuperou o controle. Os olhos verdes de Mal brilharam. Ela empurrou a mão de Uma até que ficasse a poucos centímetros da mesa.

– Se eu vencer – falou Uma, deixando os dentes à mostra –, você me traz a varinha mágica.

Mal ficou boquiaberta e o brilho verde sumiu de seus olhos. Naquele momento, Uma empurrou o braço de Mal até a mesa. Mal ficou boquiaberta. Uma uivou uma risada. Os piratas em volta delas vibraram, e Uma se levantou e lançou as mãos para cima, vitoriosa.

Em seguida, curvou o corpo sobre a mesa e lançou um olhar penetrante para Mal.

— Agora, se quiser seu ferazinha de volta, leve a varinha mágica da Fada Madrinha ao meu barco amanhã ao meio-dia em ponto. Eu disse *em ponto!* Uma começou a se afastar. — Ah, e se contar isso a alguém, pode ir se despedindo do seu queridinho.

Ela foi embora e deixou Mal balançando a cabeça.

Perder para Uma *não* era parte do plano de Mal.

15

ÓTIMO. BEN AINDA NÃO ESTÁ EM SEGURANÇA. E AGORA TENHO QUE DAR UM JEITO DE PEGAR A VARINHA MÁGICA. NÃO VAI SER A PRIMEIRA VEZ. A DIFERENÇA É QUE AGORA É QUESTÃO DE VIDA OU MORTE. SEM PRESSÃO, MAL.

Dentro do esconderijo na ponte, Mal repensou as coisas ruins que tinham acontecido com seus amigos.

Carlos estava sentado à mesa; Jay, com o corpo solto no sofá. Evie, atrás dele. Os três viam Mal andar de um lado para o outro.

— Droga! Não vamos, de jeito nenhum, entregar a varinha a Uma — Evie declarou. — Nem de brincadeira, vamos deixá-la *destruir* Auradon! — E jogou as mãos para cima.

– Pessoal, se não entregarmos a varinha a Uma, Ben vai estar frito – Carlos lembrou.

– É... Quais opções temos? – Jay indagou.

– Acham que vamos entregar a varinha da Fada Madrinha justamente para *Uma?* – questionou Evie.

Mal ergueu a mão.

– Pessoal! – chamou.

Eles ficaram em silêncio, voltando suas atenções a ela.

Mal apontou para Carlos.

– A sua impressora 3D... Será que tem jeito de...

– Uma varinha falsa! – Carlos concluiu, estalando os dedos. – É claro!

– Assim que Uma testar a varinha, vai descobrir que é falsa – Evie alertou.

– É verdade – Mal concordou. – Então teremos que libertar Ben super-rápido. Precisamos dar um jeito de distrair a atenção dela.

– Bombas de fumaça – Jay gritou.

Mal apontou para ele e assentiu.

– Perfeito! – Evie concordou, aproximando-se de Mal. – Posso conseguir os produtos químicos necessários no salão de Lady Tremaine. – Ela parou diante de Mal antes de prosseguir: – Ah, e a propósito, seus cabelos estão incríveis! – comentou, tocando os fios. – Os serviços da Madrasta realmente melhoraram!

– Quer saber? Foi Dizzy quem cuidou dos meus cabelos – Mal contou.

Evie sorriu.

– A pequena Dizzy? Não brinque!

Carlos apoiou o rosto na mão enquanto Jay se aproximava dele.

– Pois é! E eu estou amando, de verdade – falou Mal, passando a mão pelos fios.

– Nossa, estou, tipo, muito orgulhosa dela – Evie comentou.

– Não é? – disse Mal.

Jay cutucou Carlos e raspou a garganta.

– Ééé... *Helloooo!* – Carlos gritou.

Mal e Evie viraram-se na direção dos meninos.

– Certo – Evie falou baixinho, percebendo que era melhor retomar o assunto.

Mal bateu palmas.

– Certo. Jay. Carlos. Encontrem a gente na Cova do Pirata antes do meio-dia. E, pessoal, *perder...* Ei! – Mal estalou os dedos para que todos prestassem muita atenção. – Perder não é uma opção. – Seu olhar deslizou sério de Evie para Jay e para Carlos. – Porque somos ruins...

– ...por dentro – os amigos disseram em uníssono.

16

TRAMAR E FAZER PLANOS COM MEUS AMIGOS É DIVERTIDO. COMO NOS VELHOS TEMPOS. EU REALMENTE ESTAVA COM SAUDADE.

Mal e Evie entraram no salão de Lady Tremaine, o Corte & Tintura, e arrastaram-se atrás de Dizzy.

Ela estava curvada sobre uma mesa repleta de bugigangas, trabalhando em um arco de cabelos colorido. Evie se aproximou e deu tapinhas no ombro da garota, para chamar-lhe a atenção.

Dizzy abriu um sorriso enorme, deu um salto e abraçou Evie.

– Evie? Evie! Você voltou!

– Ah, minha Dizzy – falou Evie, segurando a mão da amiga mais nova.

Mal assistiu à cena e deu uma risadinha.

— É um prazer vê-la também — comentou com ironia.

— É tudo o que imaginamos? — Dizzy perguntou a Evie, curiosa por saber tudo sobre Auradon.

— Eles realmente têm aqueles closets tão grandes que a gente pode andar dentro?

Evie riu com a inocência das perguntas.

— Você entrou em uma piscina de verdade? Qual é o sabor dos sorvetes? — Dizzy queria saber.

Evie deu risada.

— É gelado e doce e, se você comer rápido demais, acaba tendo dor de cabeça — explicou, abaixando-se para ficar olho no olho com Dizzy.

— Sério? — a garota mais nova gritou.

Evie assentiu.

— Guardei o seu caderno de croquis para você! — Dizzy contou, já atravessando o salão para pegá-lo.

— Guardou? — Evie perguntou, levando a mão ao coração e olhando para Mal.

Dizzy correu de volta na direção das meninas, trazendo consigo um caderno azul e pesado, com um coração sobreposto por uma coroa dourada na capa detalhadamente decorada.

— Dizzy! — falou Evie.

Ela se sentou à mesa, diante do caderno, e abriu um sorriso enorme.

Mal acariciou com afeição os cabelos de Evie; Dizzy sorriu por sobre o ombro.

– Ai, minha nossa! – exclamou Evie ao abrir o belo caderno e se deparar com o desenho de um vestido amarelo e azul curto. Havia um pedaço de tecido azul preso à página. – Eu fiz esse vestido com uma cortina velha e alfinetes – lembrou.

– Sim! Ele lembra o vestido que você fez para Mal quando ela conheceu Jasmine – contou Dizzy.

– Eu derrubei curry no vestido todo – Mal recordou.

Evie e Dizzy caíram na risada.

– Sim, eu vi – afirmou Dizzy.

Mal deixou as duas amigas e foi inspecionar outra mesa tomada por um monte de coisas. Afinal, elas estavam no salão por um motivo. Precisavam de material para fazer as bombas de fumaça.

Enquanto isso, Evie passava a ponta do dedo no design do vestido.

– Você está certíssima, Dizzy – falou. – Essa foi a inspiração.

– Eu sabia! – Dizzy deu um soco no ar com sua mão enluvada. – Você pode tirar a garota da Ilha, mas não tira a Ilha da garota!

E pressionou sua bochecha junto à de Evie.

Atrás delas, Mal pegava uma tigela de plástico e começava a enchê-la com toucas de banho.

Ela tinha uma ideia e a levaria adiante. *Pode ser que dê certo,* pensou.

Evie fechou o caderno e pegou um acessório metálico e brilhante e uma coroa dourada minúscula. Segurou-a contra o acessório, criando um enfeite para cabelos.

— Assim fica exagerado? — perguntou a Dizzy.

— Ou está incrível?

Dizzy fez uma pose e estendeu o braço.

— Me passe a pistola de cola!

De volta à Escola Auradon, Jay e Carlos atravessavam o corredor até seus quartos. Dude os seguia, claramente animado por seus amigos terem retornado.

— Foi mal a demora — Carlos sussurrou para Dude. — Ben foi sequestrado.

— Por que a nossa porta está aberta? — Jay queria saber.

Ele e Carlos entraram no quarto e encontraram Chad usando a impressora 3D.

— Cara, você só pode estar me *zoando!* — Carlos berrou.

Chad deu um salto e ergueu o olhar.

— Eu bati à porta — explicou.

Carlos estendeu a mão e encarou Chad até o intruso lhe entregar a cópia da chave. Depois,

Carlos cancelou a impressão, tirou o objeto da bandeja e o entregou a Jay.

– O que é isso? – Jay perguntou a Chad.

– Um Chad em versão boneco de ação – o garoto explicou. E acrescentou: – Mas sem a cabeça.

– Parece um progresso – Carlos murmurou.

Passou na lateral da impressora e rapidamente a programou para fazer a varinha superbrilhante. Para isso, usou uma fotografia de seu celular.

Quando a varinha começou a aparecer, Chad olhou com curiosidade.

– Por que você está fazendo uma cópia da varinha mágica da Fada Madrinha? – quis saber.

Carlos olhou para Jay.

– Hum… por que *estamos* fazendo a varinha?

– Ben foi capturado! – Dude contou.

– Como é que é?! – gritou Chad, boquiaberto. – Dude sabe falar?

Carlos olhou para Dude.

– Eu estava tentando ganhar tempo – Carlos disse de canto da boca.

Dude balançou a cauda.

– Pensei que tivesse esquecido o que está acontecendo – falou o cãozinho.

– Você não pode contar para ninguém – Jay avisou a Chad. – A vida de Ben depende disso.

Mal sabiam eles que, do outro lado da porta do quarto, Lonnie, que passava por ali para perguntar a Jane sobre o vestido do Baile, tinha ouvido tudo. Ela ficou boquiaberta e saiu correndo.

Chad repuxou as sobrancelhas.

– Se alguma coisa acontecer a ele... – E sorriu para os garotos. – Você sabe... do que estou falando...

– Algo ruim, eu entendo – disse Carlos, virando os olhos.

– Que Deus o proteja – implorou Chad, fingindo preocupação. – Quem você acha que seria o próximo na linha de sucessão? Jay olhou para Carlos.

– Impressão minha ou essa pergunta é de muito mau gosto?

Quando Chad saiu do quarto, Jay foi até a porta para batê-la. Carlos rapidamente digitou alguns números na impressora, que passou a zumbir como se tivesse ganhado vida.

17

EVIE É UMA GÊNIA DA QUÍMICA.
AS BOMBAS DE FUMAÇA ESTÃO QUASE PRONTAS!
CRIANÇAS, NÃO TENTEM FAZER ISSO EM CASA.

A noite caía na Ilha e Mal e Evie tinham transformado o salão em um laboratório.

Usavam luvas de plástico e permaneciam ao lado da banheira suja de tinta para cabelos e repleta de frascos de vidro. Evie misturava pós de cores vibrantes enquanto Mal os colocava em toucas de banho e as amarrava. Dizzy estava sentava à mesa, trabalhando em seus acessórios de moda.

Evie pegou o arco de cabelos de Dizzy e o colocou na cabeça.

– M., pense em como esta peça ficaria linda com minha camiseta rasgada e bolsa de coração!

– Ficaria maravilhosa – Mal concordou com sinceridade.

– Não é? – falou Evie.

– Sim – reforçou Mal.

– Fique com ela – Dizzy ofereceu a Evie enquanto se levantava. – Leve várias.

– Dizzy! – Evie gritou, feliz ao ver a generosidade da garota.

Dizzy pegou um punhado de fivelas, tiaras e bandanas da mesa e correu até Evie, que abriu sua bolsa vermelha.

– Obrigada! – Evie agradeceu.

– Eu ficaria tão feliz de saber que você usou uma peça minha em Auradon – Dizzy comentou.

– Quase tanto quanto se eu mesma estivesse lá.

Evie puxou Dizzy para lhe dar um abraço e suspirou.

– Bem que eu queria poder levá-la comigo.

– Pelo menos uma de nós realizou seu sonho, não é? – Dizzy comentou, sorrindo.

Mal acomodou a última bomba de fumaça feita com touca de banho na mochila, bem ao lado de seu antigo e fiel livro de feitiços.

– E., temos que ir.

Evie e Dizzy olharam outra vez uma para a outra; depois, Dizzy fez uma reverência e voltou à sua mesa. Evie mal conseguia parar de olhar para a garota. Ela e Mal foram até a porta, levando a mochila cheia de bombas. Ali, viraram-se outra vez para olhar para Dizzy.

Viram a garota abrir o caderno de Evie e carinhosamente virar as páginas.

— Ela vai ficar bem — Mal assegurou a Evie, que assentiu e respondeu baixinho:

— É... Mas ela podia ser tão mais do que isso.

— Vamos — Mal chamou, estendendo a mão.

— Está bem — concordou Evie, segurando a mão da amiga.

Elas passaram pelos painéis de plástico e pelas portas do salão.

Mal e Evie percorreram os becos horrorosos onde passaram a infância.

De braços dados, Evie sorriu para a amiga enquanto elas passavam por uma ruela escura.

— Você se lembra de quando vínhamos aqui enquanto nossas mães discutiam sobre qual era a melhor maneira de envenenar uma princesa?

— Sim. Maçã ou carretel? Aquela discussão foi épica. Durou dias — Mal lembrou, rindo.

– Como se fizesse alguma diferença, não é? – falou Evie. – Os dois efeitos foram rompidos pelo Beijo do Amor Verdadeiro.

– Funciona toda vez – constataram Evie e Mal ao mesmo tempo, caindo na risada.

Elas diminuíram o passo quando chegaram à entrada do esconderijo na ponte.

– Eu realmente pensei que você e Ben tivessem uma relação assim – Evie arriscou, olhando para Mal. – Quer conversar sobre isso? O sorriso de Mal se desfez tão rapidamente quanto surgiu.

– Eu não vou voltar, Evie.

Evie lançou um olhar duro e demorado para Mal. Soltou o braço da amiga para encará-la de frente.

– Não posso – Mal continuou. – Eu tentei, de verdade, contar para você.

Evie suspirou e encostou-se a uma viga de apoio.

– Eu... é que... Eu não sei – Mal prosseguiu. –Vi seu rosto e como ele ficou iluminado e a sua felicidade inacreditável naquele primeiro dia em que chegamos ao nosso quarto, e eu não consegui... *Eu não podia* estragar aquele seu momento.

Mal lembrou-se de quando ela e Evie chegaram ao dormitório da Escola Auradon. Ao ver o quarto banhado pelo sol, com cortinas floridas mexendo-se suavemente com a brisa fresca, Evie se deu conta de que aquela era sua nova casa e gritou toda animada. Porém, ela tentou esconder sua animação ao perceber que Mal não estava curtindo nada daquilo, e as duas juntas fecharam as cortinas rosa e se entregaram à escuridão do quarto. Mal sabia que, se elas fossem seguir seus corações, sua amiga queria luz, enquanto ela queria...

Evie suspirou.

— Bem, se você quer ficar aqui, então eu vou ficar com você.

— Não — Mal respondeu, estremecendo. — Evie... você é uma garota de Auradon. E eu sou e sempre serei a garota da Ilha.

Mal pegou uma pedra, jogou-a no letreiro e acenou para Evie acompanhá-la para dentro do esconderijo. Elas passaram por debaixo do portão.

As amigas subiram os lances de escada, Evie parou no patamar e olhou a Ilha. Mal ficou ao lado dela, no corrimão. Olharam uma para a outra, aproveitando o instante para aceitar que, no fim das contas, elas pertenciam a mundos diferentes. Em seus corações, cada uma sabia que sempre estaria com a outra em espírito quando enfim chegasse o dia em que teriam de seguir caminhos diferentes. Elas então saberiam que voltariam a se encontrar.

Mesmo que permanecessem distantes.

Carlos e Jay tinham dormido enquanto esperavam a impressora 3D produzir a varinha.

Sentaram-se lado a lado nas cadeiras, e a cabeça de Carlos agora estava apoiada na de Jay. Jay ergueu o pescoço, deu um tapa em Carlos, gritou seu nome e levantou-se da cadeira.

— Ahn? O quê? — Carlos acordou assustado, viu a varinha e levantou-se apressado.

Era idêntica à varinha mágica da Fada Madrinha. Brilhava como se transbordasse todo o poder da varinha de verdade.

Carlos a ergueu.

— Nada mal — falou.

— Pois é — Jay concordou, assentindo.

Pegou a varinha falsa e virou-se para Carlos.

— Vamos — os dois falaram ao mesmo tempo, andando na direção da porta.

Dude saltou de sua caminha de cachorro e subiu na cama de Carlos.

Carlos virou-se para ele.

— Não, Dude. Você fica — ordenou. — Estou falando sério. Fique aqui. Amo você, amigão. A gente já volta, nem vai dar tempo de sentir saudade!

E seguiu Jay para fora do quarto.

Eles atravessaram apressadamente o corredor e saíram na noite.

Assim que deixaram para trás as escadas do prédio, depararam-se com Doug.

Jay levou a mão para trás, escondendo a réplica da varinha mágica.

— Ei, vocês viram Evie? — Doug perguntou.

Jay e Carlos trocaram um olhar.

— Ela foi... acampar — mentiu Carlos.

Jay concordou com a cabeça.

— Evie, aquela que quer viver em um castelo? Dormindo no chão, em um lugar sem tomada para ligar o secador de cabelo? — Doug estreitou os olhos na direção de Carlos, depois notou a expressão de apatia de Jay.

Jay e Carlos começaram a rir, dando de ombros.

— Você sabe como ela é espontânea — Carlos falou, diminuindo a preocupação de Doug.

Eles só tinham dado alguns passos quando Lonnie saiu de trás de uma coluna de pedra. Ela usava o uniforme da R.O.A.R. e carregava um conjunto de espadas no ombro.

— Eu vou com vocês, garotos — comunicou toda confiante.

— O quê? A gente não precisa de espadas no... Waffle Hut — Jay falou.

Lonnie arqueou as sobrancelhas.

—Vocês estão indo para a Ilha a fim de resgatar Ben, e ou vão me levar ou... Vou ter que contar para a Fada Madrinha.

Jay e Carlos olharam um para o outro e engoliram em seco. Depois de perceberem que não tinham escolha, assentiram lentamente.

Lonnie deu risada e abraçou os dois na altura do pescoço, lançando aquele seu sorriso de mil watts.

—Vai ser ótimo! — exclamou enquanto o trio seguia seu caminho.

Se Lonnie soubesse o que os aguardava...

18

O QUE É ESSA COISA DE MEIO-DIA EM PONTO E VARINHA MÁGICA? PRECISAMOS CORRER PARA SALVAR BEN – ANTES QUE NÓS TODOS TENHAMOS QUE ANDAR NA PRANCHA!

Parecia ser só mais um dia sem graça e cheio de vento na Cova do Pirata.

O cais vibrava com piratas maltrapilhos, pessoas andando sem rumo e comerciantes barulhentos. Nada parecia fora do comum. Mas, apesar das aparências, aquele era um dia diferente. Afinal, debaixo do píer decadente, havia um cativo em um antigo navio pirata com a insígnia de um polvo sombrio estampada nas velas e piratas jovens fazendo a segurança no deque. Não era ninguém menos do que Ben, que havia sido preso com uma corda ao mastro principal.

Harry pulou no deque principal e pousou bem diante de Ben. Encostou seu rosto ao do prisioneiro.

— *Boooooo!* — provocou, esfregando a ponta afiada do gancho no queixo do garoto. Harry dava risada. — Como é ser o reizinho agora, hein?

Uma aproximou-se e empurrou Harry para longe de Ben.

— Que saco! Dá um tempo, Harry. Não queremos nossos bens danificados.

Então, ela se sentou em um baú diante de Ben para observá-lo.

— Você prometeu que eu ia poder enganchá-lo — Harry rosnou para Uma.

Ele se dependurava com um braço nas cordas desgastadas pela maresia. Parecia um macaco apontando ameaçadoramente para o pescoço de Ben.

— Eu falei *ao meio-dia* — Uma o corrigiu.

Harry soltou a corda e posicionou-se ao lado da vítima, pressionando seus rostos bem próximos um do outro e balançando o relógio de prata do Capitão Gancho.

— Faltam vinte minutos — calculou.

— Aí indica onze e meia — Ben o corrigiu.

Harry ficou de olhos arregalados para caçoar de Ben.

– É melhor que a sua namoradinha apareça – avisou Uma.

– Ela não é mais a minha namorada – Ben a corrigiu.

– Hummm... – Uma virou-se para Harry. – Harry, deixe a gente a sós.

Ele olhou outra vez para o relógio de seu pai e aproximou-se de Ben.

– Faltam dezenove minutos – disse.

Olhou ameaçadoramente por sobre o ombro de Ben, depois enrolou uma corrente ali e se afastou, deixando Ben e Uma a sós.

– Entendo que você não mereça isto... – Ben começou.

Uma deu risada.

– Isto? Esta ilha é uma prisão graças ao *seu pai!* – Uma gritou. – E não finja que vai cuidar de mim, porque ninguém vai cuidar de mim. Eu sou sozinha.

– Esse plano não é da sua mãe? – Ben perguntou. – Esse colar não é o dela?

Ele acenou na direção da concha dourada dependurada na corrente no pescoço de Uma.

Uma deixou escapar uma risadinha e negou com a cabeça.

– Ela também não dá a mínima para mim. Bem, exceto quando precisa de alguém para cobrir o turno da noite.

– Nossa! – Ben exclamou.

– Eu não preciso da sua pena – Uma berrou.

– Não, sem dúvida não precisa. Você tem muitos recursos. Não é *você* quem está amarrada.

Uma se levantou e parou diante de Ben com os braços cruzados.

– Então, vamos falar mal de Mal.

– Eu preferiria falar de você – Ben respondeu com gentileza.

Uma deu risada.

– Nossa, divertido *e* cavalheiro. Realmente espero que eu não tenha que dar peixe na sua boca.

– Não precisa – Ben falou. – Me liberte e nós vamos juntos para Auradon.

– Ah, então *agora* eu recebi um convite? – Uma rosnou. – Eu me pergunto por quê. – E aproximou seu rosto a poucos centímetros do de Ben. – Sabe, quando você levou Mal, Evie, Carlos e Jay para Auradon… eu nunca fiquei mais furiosa na vida. E *acredite,* eu já fiquei furiosa nessa vida.

Ela deu alguns tapinhas na bochecha de Ben e se afastou. Cruzou os braços outra vez.

– Jamais pensei que estaria ofendendo as pessoas que não foram escolhidas – ele afirmou, olhando para a parte de trás do chapéu de pirata de Uma.

Ela deu meia-volta e descruzou os braços. Era toda ouvidos.

— Meu plano era começar com quatro pessoas e depois levar mais gente, mas acho que andei cuidando demais das coisas que um rei tem que fazer — Ben falou olhando para Uma. — Soa péssimo, sinto muito, mesmo.

Uma assentiu e sua expressão suavizou.

— Você é uma líder, Uma. Eu também sou. Venha a Auradon e seja parte da solução.

Ela olhou friamente nos olhos de Ben.

— *Eu?* Parte da sua solução? — ironizou.

Ben lançou um olhar demorado e esperançoso para ela.

Uma negou com a cabeça.

— Hummm, não. Eu não preciso de você. — E apontou o dedo para o peito de Ben. — Vou chegar lá sozinha. — Olhou para os piratas e latiu: — Harry!

Ele marchou para perto dos dois.

Uma tocou a concha em seu colar.

— E ver o que essa belezinha é capaz de fazer — acrescentou.

Mal e Evie esperavam no beco asqueroso, diante do túnel de cano enferrujado.

A limusine real parou diante deles e Jay, Lonnie e Carlos saíram.

– Vou pegar as espadas – Jay avisou a Lonnie.

– Certo – ela concordou, fechando a porta.

Jay correu até o porta-malas.

Lonnie aproximou-se de Mal e Evie.

– Lonnie! – Mal exclamou.

A garota sorriu.

– Eu fiz os meninos me trazerem – Lonnie contou.

– Ah! Fico tão contente! – disse Mal.

Lonnie a abraçou. Depois, abraçou Evie.

– Bem-vinda à Ilha – Evie saudou. – É bom vê-la.

– Obrigada – Lonnie agradeceu.

– Trouxemos espadas – Jay informou a Carlos.

Ele abriu o porta-malas da limusine e puxou as espadas. E ali se deparou com Dude, que espreitava em cima de um cobertor.

– E Dude – Jay acrescentou surpreso.

– Eu falei para você ficar! – Carlos repreendeu o cachorro.

– Eu reprovei na matéria de disciplina – Dude respondeu tranquilamente.

Jay sorriu e virou os olhos.

– Ótimo. E ele ainda sabe falar.

Carlos tirou Dude do porta-malas.

—Você tem sorte por eu te amar. Venha.

Jay fechou o porta-malas.

— Ah, vejamos — Mal falou enquanto Carlos lhe entregava a varinha falsa. Ela analisou bem de perto antes de devolvê-la a Carlos. — Nossa! Ficou maravilhosa! Muitíssimo obrigada. — Então, virou-se para seus amigos: — Tudo certo? Estamos prontos?

Todos assentiram solenemente.

— Sim — Evie pegou a mochila de Mal, na qual estavam guardadas as bombas de fumaça.

— Vamos resolver isso de uma vez por todas, então — Mal virou-se decidida e liderou os amigos pelo túnel.

Carlos virou-se para Dude e apontou a varinha falsa para ele.

— Fique aqui. E estou falando muito sério.

Sentado ao lado da limusine, Dude balançou o rabo.

Então Carlos entrou no túnel e correu para alcançar seus amigos.

Dude os seguiu silenciosamente.

No deque do navio, Uma e Harry posicionaram-se ao lado de Ben.

Harry apontou o gancho na direção do pescoço de Ben e olhou para o relógio. Faltavam segundos para o meio-dia. Os piratas empoleiravam-se nas cordas e ferros do navio. Na torre, Gil analisava as colinas. Harry olhou outra vez para o relógio. O ponteiro dos minutos bateu meio-dia. O garoto sorriu, analisando os rochedos e o píer repleto de piratas – um conjunto de plataformas iluminadas por tochas e com escadas que levavam ao navio.

– Ei, pessoal! Eles chegaram! – Gil começou a descer da torre.

Como era de se esperar, Mal, Evie, Jay, Carlos e Lonnie saíram do túnel de cano enferrujado e marcharam pela ponte que ligava o túnel ao píer. Mal guiava o grupo, seguida por Evie, Jay, Lonnie e, por último, Carlos.

Os garotos desceram os degraus, passando pelos piratas que andavam por ali, ou pescavam, ou dependuravam roupas para secar. Placas de madeira diziam coisas como ESPAÇO DO GANCHO, MERCADO DOS LADRÕES e PEDRA DA MISÉRIA, apontando em todas as direções. As águas infestadas por crocodilos espumavam na bruma abaixo deles. O navio pirata aguardava.

Uma virou-se para seu grupo e abriu um sorriso cruel.

– Vamos começar nossa festinha.

19

ESSA SITUAÇÃO PODE NAUFRAGAR DE VEZ.
MAS NÃO COM A FILHA DA MALÉVOLA A BORDO. AGORA, VAMOS
VIRAR O FEITIÇO CONTRA ESSA FEITICEIRAZINHA.

Mal chegou à ponte que ligava o píer ao navio pirata.

Era uma ponte velha, fragilizada, desgastada pela água do mar. Lá embaixo, pedras pontiagudas e tábuas quebradas das passarelas saíam da água do mar. Os amigos de Mal permaneciam logo atrás, oferecendo apoio. À sua frente, no navio, estavam dezenas de piratas maltrapilhos que pareciam ferozes por causa da tinta no rosto e do brilho de suas espadas. Uma segurava o braço de Ben. Ele estava em uma prancha com as duas mãos para trás, presas bem apertadas com corda. Ben olhou para Mal, cujos olhos estreitavam-se na direção de Uma. Mal pulou na ponte.

Ela salvaria Ben.

Seria a varinha pela coroa.

Harry pisou na ponte, na frente de Mal, e lançou um olhar ameaçador.

Uma foi até a ponte ao lado de Harry, jogou seus cabelos longos e turquesa para trás e riu. Os olhos de Harry ficaram arregalados enquanto ele murmurava para Mal o que faria para acabar com Ben. Em sua animação, ele mexia o gancho afiado, mas Uma o agarrou e o jogou de volta no navio. Essa situação seria resolvida entre ela e Mal.

Mal se afastou e Carlos colocou a varinha falsa na mão dela.

Naquele instante, Harry fez Ben dar um passo para a frente na prancha. Segurou Ben pela jaqueta de modo que, se o soltasse, ele certamente afundaria no mar escuro e gelado.

Mal e seus amigos ficaram congelados enquanto olhavam horrorizados.

Ben chamou Uma e disse que lhe daria uma chance de viver em Auradon.

Uma recebeu a oferta com uma risada estridente. Ou Mal entregava a varinha mágica, ela disse, ou Ben andava na prancha. Uma seguiu andando pela ponte na direção de sua rival, de olho na varinha brilhante na mão fechada da garota.

– Erga a varinha – Uma ordenou.

Mal esperou.

– Fácil demais – Uma sorriu. – Mostre que ela funciona! Queremos ver a varinha mágica em ação.

Atrás de Uma, dois piratas no navio trocaram sorrisos carregados de escárnio.

Mal virou os olhos.

– Nossa, você sempre foi uma *drama queen*.

O sorriso enorme de Uma desapareceu. Ela empunhou a espada.

– Nenhum movimento brusco – ameaçou. – Ou então Ben vai virar isca de peixe.

Segurando Ben pela jaqueta, Harry o baixou um pouco mais.

– Estamos mortos – Carlos murmurou para seus amigos.

Mas aí Evie se aproximou e sussurrou para Carlos:

– Dude.

Mal deu meia-volta para olhar seus amigos aterrorizados. Depois, Carlos assentiu para o lado, na direção onde Dude estava sentado no píer.

– Está bem – falou Mal, virando-se. E apontou a varinha falsa para Dude. – *Embora pareça uma farsa, transforme o latido em palavra!* – Mal lançou.

Dude a encarou.

Tudo ficou em silêncio, exceto pelas ondas barulhentas do mar.

Mal e Uma se encararam até Mal se aproximar de Dude.

– Fale, cachorro!

Carlos deu um apertão em Dude para estimulá-lo a falar.

– Falar o quê? Eu odeio falar em público! – Dude reclamou.

Um sorriso brotou no rosto de Uma e os piratas atrás dela assentiram e cutucaram um ao outro, sorrindo e murmurando animadamente entre si.

Mal e seus amigos trocaram olhares tensos.

Anzol, linha e chumbada?, Mal questionou.

– Alguém aqui tem bacon? Alguém? – Dude perguntou.

Uma virou-se para Mal, mostrando que seu sorriso havia sido substituído por um rosnado cruel.

– Está bem, me dê a varinha! – Uma latiu, já estendendo a mão.

Mal pegou a varinha falsa.

– Me entregue Ben – gritou para Uma.

Uma virou-se para Harry, que continuava segurando Ben na lateral da prancha.

—Vamos, Harry. Vai logo!

Desapontado, Harry puxou Ben para cima da prancha e o arrastou na direção da ponte.

— Ben — Gil gritou. — Antes de você ir. Hum... pode dizer para a sua mãe que meu pai mandou oi e também dizer a seu pai que meu pai disse que queria ter se livrado dele quando teve a chance?

Ben olhou para Gil enquanto Harry continuava cutucando-o.

—Venha — Uma gritou.

Depois disso, as coisas aconteceram de forma muito rápida. Quando eles alcançaram Mal, Harry chutou os joelhos de Ben e puxou a espada. Uma estendeu a mão para pegar outra vez a varinha. Mal levou a mão na direção de Ben.

— Solte ele — Uma ordenou a Harry.

— Eu nunca consigo me divertir — Harry resmungou enquanto usava a espada para libertar Ben.

Ben agarrou a mão de Mal, mas, enquanto o garoto começava a se levantar, Uma colocou a mão no ombro dele, sinalizando que não levantasse tão rápido — não até ela ter o que lhe era devido.

Mal entregou a varinha falsa para ela.

Uma não conseguiu evitar o sorriso ao segurar a varinha.

Ben rapidamente saltou ao lado de Mal e eles escorregaram pela ponte.

Uma voltou para o navio, onde os outros piratas se reuniam em volta dela para celebrar sua vitória com rosnados alegres. Ela apontou a varinha falsa para cima.

— *Pelo poder do mar, acabe com a barreira para nos libertar* — lançou.

E apontou a varinha para a barreira mágica enquanto os piratas sorriam e rugiam.

Nada aconteceu.

O sorriso de Uma desapareceu.

— Não! — ela gritou ao perceber que tinha sido enganada. Quebrou a varinha em dois pedaços. — Vocês não podem vencer toda vez! — berrou para Mal e seus amigos, que já atravessavam o píer. Uma olhou para o grupo. — Peguem eles!

— Agora! — gritou Mal.

Carlos usou seu estilingue para lançar uma bomba de fumaça, que explodiu em uma densa nuvem colorida.

Os piratas se abaixaram e caíram para trás, mas rapidamente se levantaram outra vez.

Carlos lançou outra bomba de fumaça.

—Vão! — Uma ordenou a seus piratas.

Eles se apressaram furiosos e passaram por Uma, que encarava furiosamente Mal e seus amigos.

Jay empurrou um barriu que guardava espadas. Entregou-as a Evie, Lonnie, Mal, Ben e Carlos. Os amigos se posicionaram e se prepararam para enfrentar os piratas, que avançavam a toda velocidade e se lançavam das cordas do navio em direção ao píer. Queriam sangue.

Em instantes, Mal e seus amigos se viram enfrentando a terrível tripulação.

Lonnie lutou com um pirata e o desarmou. Querendo uma briga de verdade, ela disse:

— Aqui, pegue a minha — e ofereceu a espada.

O pirata agarrou a arma e voltou a enfrentar Lonnie, que desviou dos golpes uma, duas, três, quatro vezes. Depois, ela chutou o pirata, que voou para longe. Em seguida, Lonnie pegou a espada do inimigo e a lançou na direção dele para assustá-lo. Ela riu e saiu correndo, deixando-o rastejando pelo chão.

Harry havia saltado do navio em direção a uma escada, e pousou diante de Jay no píer. Tirou seu chapéu de pirata e passou a mão pelos cabelos, analisando Jay. Puxou a espada e atacou. Jay desviou do golpe. Logo Harry também atacava com seu gancho. Eles desviavam e atacavam, espada atingindo espada. Harry usou o gancho para prender Jay contra uma grade de madeira enquanto enfrentava uma luta de espadas contra ele. O chapéu de pirata de Harry caiu no mar lá embaixo. Em alguns movimentos que mais pareciam os de uma cobra, Jay conseguiu se libertar e chutar Harry enquanto arrancava o gancho de sua mão. Jay balançou o gancho em sua espada e o levou além do limite da prancha, sorrindo. Harry estendeu a mão, mas Jay deixou o gancho deslizar pela lâmina e cair no mar. Harry passou por ele, abaixou-se sob o corrimão e mergulhou para tentar recuperar sua arma.

Ser capitão da R.O.A.R. havia ensinado algumas lições úteis a Jay.

Enquanto isso, Mal usava sua espada para arrancar as dos piratas. E Evie e Carlos faziam a mesma coisa. Mal fez um pirata voar da ponte e cair no mar. Desviou de alguns, passou por baixo de outros. *Ainda estou em forma*, pensou.

Por fim, Uma atravessou a ponte na direção dela.

Era chegada a hora de as duas se enfrentarem.

20

ORA, POR FAVOR! UMA DEVIA SABER TUDO SOBRE MAUS NEGÓCIOS. PELO AMOR DO MAL, ELA É FILHA DA ÚRSULA!

Uma empurrou com todas as suas forças a espada na direção de Mal.

Mal usou sua espada para bloquear vários e vários golpes. As lâminas brandiam uma contra a outra, e seus rostos arfavam a poucos centímetros um do outro, bem parecido com quando enfrentavam a queda de braço. Mas agora havia uma diferença: quem perdesse essa disputa não sobreviveria para contar.

— Oi! — Mal levou seu rosto mais próximo do de Uma. E sorriu ao dizer: — Sentiu saudades de mim?

Uma riu com desprezo ao bater sua espada na de Mal.

Plim!

Plam!

Plac!

—Vamos! — Uma rugiu.

Mal e Uma seguiram se enfrentando. Espada batendo em espada. Suas armas colidiam formando um X perfeito — e, ao baterem, tremiam. Uma agarrou o antebraço de Mal e a puxou para trás. Depois, livrou-se e girou, apenas para estar outra vez diante dela. Uma atacou e Mal pisou na espada dela, prendendo a arma ao chão. Depois, subiu alguns degraus. Sua rival a seguiu com a espada de pirata empunhada.

— Uma! — Harry gritou na beirada do estaleiro.

Estava ensopado e segurava o gancho que havia recuperado.

Uma ajoelhou-se e segurou a mão do amigo, ajudando-o a empurrar seu corpo ensopado na direção do cais seco. Então, ela se virou rapidamente na direção da briga.

— Mal é minha!

E avançou, com Harry a seguindo todo empolgado.

À frente, Gil atacou Ben, prendendo-o ao chão até Carlos intervir. O rei de Auradon abaixou-se, rolou por debaixo das espadas cruzadas e saiu correndo. Então foi a vez de Carlos enfrentar Gil. Ele pegou um balde velho e o colocou sobre a cabeça do inimigo. Depois, tomou a espada de Gil e bateu a lâmina na lateral do balde antes de empurrar Gil de vez da prancha. Carlos riu de sua vitória.

Evie se deparou com outro pirata. Usou sua espada para bloquear um golpe dele.

– Belo cachecol! – gritou enquanto arrancava a peça do pescoço do inimigo e a levava ao chão.

– Mas agora pertence a mim.

Ben saltou ao lado de Evie e enfrentou outro pirata. Conseguiu finalmente desarmá-lo, mas acabou também se desarmando sem querer. Jogou um cesto no inimigo, que voou para trás e sumiu da vista.

– É assim que se faz, garotos! – Evie exclamou com um sorriso de vencedora.

De cima do píer, Carlos gritou:

– Jay, dê partida no carro.

Jay e Lonnie atravessaram correndo a ponte e desapareceram ao entrarem no túnel.

– Mal, venha! – Evie gritou para a amiga.

Mal deu mais alguns passos apressados pelo píer até finalmente estar cara a cara com Ben.

– Ben! – gritou. – Ben, vá!

Ben a puxou para perto.

– Não vou deixar você aqui! Se nosso fim for neste lugar, vamos acabar juntos!

O momento cheio de ternura não durou muito. Um Harry ensopado e segurando seu gancho pulou na plataforma e apontou a espada para Ben, que desviou do golpe e foi parar debaixo de uma escada. Em seguida, Ben segurou o braço de Harry e o manteve parado. Depois, fez cócegas no queixo do pirata, de zoeira.

– *Booo!* – Ben falou.

Usando seu gancho, Harry atacou Ben, que conseguiu se esquivar.

Uma e Gil correram escada acima, e Uma avançou na direção de Mal, sorrindo como uma maníaca. Todos os seus dentes estavam à mostra. Ela golpeou várias vezes a espada de Mal, demonstrando grande agilidade e uma força surpreendente, mas Mal continuava bloqueando seus golpes.

– Faça suas preces, queridinha! – aconselhou Uma ao desferir outro golpe.

Mal jogou o corpo para trás.

– Tem alguma coisa nos seus dentes! – ela gritou, tentando distrair sua oponente.

– Como nos velhos tempos, não é? – Uma disse a Mal com um sorriso.

Elas se atacaram em uma dança letal. Giraram, cabelos batendo violentamente.

– Só que, dessa vez, você sai perdedora – alertou Uma, atacando Mal outra e outra vez, cabelos voando para fora do chapéu de pirata, olhos intensos e boca grunhindo.

Por fim, a espada de Uma atingiu a perna de Mal. A calça de couro rasgou. Mal gritou. Uma a encarou e avançou para acabar com sua oponente.

Enquanto isso, Harry tentava encurralar Ben, pronto para atacar.

Parecia que tudo estava perdido para Mal e seus amigos.

Mas, naquele momento, Evie lançou mais uma bomba de fumaça.

Uma nuvem roxa explodiu e todos os piratas se afastaram, tossindo.

Era justamente a distração de que os amigos precisavam.

–Vamos! Venha! – Evie segurou o braço de Ben.

Os dois atravessaram correndo a ponte e entraram atrás de Carlos no túnel, com Mal seguindo-os de perto.

Ela deu meia-volta na entrada do túnel. Uma correu e parou perto da ponte. Mal olhou nos olhos de Uma e sorriu. Depois, com um chute, Mal quebrou a parte da ponte que a ligava ao túnel. A ponte caiu e balançou toda inútil, presa a uma velha corrente.

Mal riu triunfantemente para Uma. Depois, afastou-se, desaparecendo na escuridão do túnel. Do outro lado, Uma lançava olhares fumegantes e arfava muito. Deu meia-volta, gritou e passou por seu grupo, a caminho do navio.

Não se sentia tão furiosa assim desde que Ben havia convidado Mal e seus amigos para irem viver em Auradon. *Posso ter perdido essa batalha, mas a guerra está longe de chegar ao fim,* pensou raivosa.

Não distante da limusine, Dude saiu do túnel e entrou no beco, seguido por Carlos e Evie.

Eles se apressaram na direção do veículo.

Em seguida, Ben saiu do túnel e deu meia-volta.

– Mal! – chamou.

Sua voz ecoava pelas paredes enferrujadas do túnel. Ele estendeu a mão em meio ao escuro. Mal a segurou e os dois chegaram ao beco, de onde se apressaram a caminho da limusine.

– Vamos, vamos, rápido! – Lonnie chamou Mal e Ben, que apressadamente jogaram suas espadas no porta-malas e entraram no veículo.

Ben fechou a porta imediatamente. Lonnie fechou o bagageiro e correu até o banco do passageiro. A limusine então seguiu seu caminho.

Enquanto eles aceleraram pelas ruas da Ilha dos Perdidos, Mal virou-se em pânico em seu assento, percebendo tarde demais que tinha derrubado uma coisa enquanto corria na direção da limusine.

– Meu livro de feitiços!

21

EU NÃO CONSEGUIA ACREDITAR QUE TINHA DEIXADO MEU LIVRO DE FEITIÇOS PARA TRÁS. TAMBÉM NÃO CONSEGUIA ACREDITAR QUE ESTAVA A CAMINHO DE AURADON.

Ben e Mal ainda tentavam recuperar o fôlego. Estavam um ao lado do outro, mas com um assento vazio separando-os.

– Realmente sinto muito por as coisas não terem saído como você queria – falou Ben.

Ela virou-se a fim de olhar para ele. Não sabia o que dizer.

– Quero dizer, contanto que você esteja seguro, é… – A voz de Mal falhou e ela desviou o olhar.

Um pequeno sorriso formou-se no rosto dele.

— Pelo menos finalmente consegui ver a Ilha. Eles também são meu povo — Ben falou. — *Uma* me ajudou a perceber isso.

Sem conseguir acreditar no que estava ouvindo, Mal o encarou.

— Ben, Uma *sequestrou* você.

— Ela é uma menina furiosa… com um plano ruim. Não é muito diferente de *você* quando chegou a Auradon, Mal.

Caramba!

Ofendida, Mal desviou o olhar.

Ben olhou pela janela.

— Climão — falou Dude.

Evie e Carlos trocaram olhares.

— Dude, sei que você sabe falar, mas isso não significa que deva falar sempre — Carlos o alertou.

— Aqui vamos nós — gritou Jay do banco do motorista.

Apontou o controle remoto na direção do para-brisa e a limusine atravessou a barreira mágica, passando por um feixe de luz ofuscante, até sair do outro lado. Todo mundo respirou aliviado. Jay segurou o volante com menos tensão e, do banco do passageiro, Lonnie sorriu para ele.

Jay suspirou, depois virou-se para Lonnie.

— Por que você não dá uma passada no treino, mais tarde?

— Está a fim de quebrar regras? — Lonnie perguntou, lembrando a regra da equipe sobre um líder e oito homens.

— Não — Jay franziu a testa, mas rapidamente sorriu.

Enfim a limusine passou pela placa em frente à escola.

BEM-VINDOS À ESCOLA AURADON. A BONDADE É SEMPRE O MELHOR.

Depois que Jay estacionou a limusine em sua vaga, os cinco adolescentes atravessaram o pátio ensolarado.

Mal e Ben andavam silenciosamente atrás do grupo. Evie, Carlos e Dude iam na frente, com Jay e Lonnie guiando todo mundo.

Lonnie carregava as espadas.

— Vou levá-las de volta ao ginásio.

— Sim, obrigado — agradeceu Jay.

Com os olhos brilhando, Lonnie sorriu para ele.

— Até mais tarde — ela disse antes de sair.

Com seu fiel tablet, Jane correu para encontrar Ben.

— Ben! Aí está você! O Baile é hoje à noite.

Ela o puxou para longe de Mal e lhe mostrou o tablet.

– Este é o vitral feito para Mal. Não é lindo? Ela vai adorar! – Jane falou.

– Espere aí – Ben pediu a Jane. Então, virou-se para conversar com Mal. – Está a fim de cancelar tudo?

Ela olhou para Ben e abriu a boca.

Jane deslizou o olhar de Ben para Mal.

–Ah, eu posso voltar depois. Mas, sabem, é meio urgente.

– Não, não, não. Está tudo bem – respondeu Ben, virando-se outra vez para Jane.

Então, depois de um breve instante, ele se aproximou de Mal, levou a mão à lombar dela e sussurrou:

– Faça o que você tiver que fazer.

Lançou um último e demorado olhar para ela e saiu com Jane para acertar os últimos detalhes do evento.

Evie segurou o braço da amiga.

– Precisamos conversar – disse, começando a andar.

Carlos interrompeu, dizendo:

– Não.

Evie e Mal viraram-se para encará-lo.

– Não? – Evie perguntou a Carlos.

— Não — ele insistiu. — Vocês sempre saem juntas e cochichando coisas de meninas ou sei lá o quê. Jay e eu estamos cansados disso.

Carlos olhou para Jay, que retrucou:

— Eu não estou, não.

Carlos o ignorou.

— Nós também somos sua família — ele disse a Mal. — Passamos por muita coisa juntos e não vamos nos separar agora. Então, todos, sentem-se.

Carlos sentou-se na grama e Dude ajeitou-se em seu colo. Jay sentou-se ao lado do amigo. Evie e Mal acompanharam.

— Na verdade, não sei puxar assunto de meninas — Carlos anunciou, virando os olhos.

Mal e Evie riram desconfortáveis.

— O que está rolando? — Jay falou em uma tentativa de quebrar o gelo.

Todos trocaram olhares.

— Bem... — Mal começou.

Sua amiga lançou um olhar cheio de cuidado para ela.

Mal observou todos os outros.

— Eu estou confusa — confessou, começando a chorar. — Seis meses atrás, eu roubava doces de bebês, e agora... todos querem que eu seja a dama da corte. E não consigo mais fingir.

— Então não finja — propôs Carlos.

– Está vendo? Era besteira – Jay apoiou as mãos na grama e começou a se levantar.

– Talvez não – Evie o corrigiu.

Jay sentou-se outra vez.

Evie segurou a mão de Mal.

– Sempre seremos filhos da Ilha. Tentei esquecer isso, mas são as nossas raízes. Fizemos tudo o que tínhamos que fazer para sobreviver. Mas nossas raízes nos tornaram quem somos. Jamais seremos como as pessoas daqui. E não tem problema nenhum nisso.

– E não sabemos fingir – Carlos acrescentou.

– Verdade, especialmente sem meu livro de feitiços – confirmou Mal.

– Se Ben não a amá-la como você é, então ele não é o cara certo para você – apontou Carlos.

Evie concordou e, olhando para Mal, confirmou:

– Isso é verdade.

– Dê uma chance a ele – Carlos sugeriu.

– Vou fazer algumas modificações no seu vestido – Evie disse à amiga. – E, se você estiver a fim, estarei à sua espera, está bem? Mas só se estiver mesmo a fim.

Evie soltou a mão de Mal, pegou sua bolsa e deixou o grupo.

Mas, nesse momento, Jay se posicionou diante de Mal.

—Vamos ao Baile hoje à noite. Se Ben não for esperto o suficiente para amá-la e se você não suportar um dia mais, eu mesmo a levo de volta amanhã.

Mal apenas olhou para Jay. Ele encostou a mão no ombro dela, levantou-se e saiu andando. Sozinha, Mal olhou para o horizonte. Se pelo menos ela soubesse o que seu coração estava lhe dizendo para fazer... Antes ela sabia, por que não desta vez?

Ou talvez soubesse.

22

A caminho do dormitório, Carlos e Dude atravessaram o gramado do colégio.

Havia rodinhas de alunos com o uniforme em tons pastel da Escola Auradon conversando uns com os outros, a caminho das salas de aula, andando pela sombra das árvores.

— *Assuntos de meninas.* Mandou bem! — elogiou Dude.

Carlos deu risada.

— Pois é. Menos quando estamos falando de convidar Jane para sair. Aí eu sou um grande covarde — confessou.

—Vou parafrasear um dos garotos mais corajosos que conheço — anunciou Dude.

Carlos parou e olhou para seu amigão, esperando o resto da frase.

Dude raspou a garganta:

—Se ela não gostar de você, não é a menina certa para você.

Sorrindo, Carlos ajoelhou-se.

—Você é mesmo o melhor amigo do homem. — Coçou a cabeça de Dude, riu e se levantou. — Venha, amigão. Vamos indo.

Jay usava a roupa esportiva azul e amarela da R.O.A.R. quando entrou no anfiteatro, onde a equipe havia se reunido e agora fazia os alongamentos.

—Vamos conversar! — Jay bateu as mãos.

Todos se reuniram à sua volta.

— Certo — Jay falou. —Vocês todos sabem que eu vim da Ilha, não sabem? E que lá as coisas são loucas. Mas tem uma coisa na qual a Ilha supera Auradon: se você for forte, nós o queremos do nosso lado. E não importa se é menino ou menina.

Chad posicionou-se ao lado dele.

— Espere aí, Jay. Nós não desrespeitamos as regras aqui em Auradon, entendeu? Desrespeitar regras é coisa lá da Ilha.

Jay puxou o livro de regras do bolso e leu:

– "A equipe deve ter *um líder* e oito homens."
Então deem as boas-vindas à nova líder do time.
Ele guardou o livro de regras no bolso e
virou-se na direção da porta, onde Lonnie
apareceu usando um uniforme rosa e azul da
R.O.A.R. feito sob medida. Ela rapidamente se
juntou aos garotos.

Jay colocou o apito em volta do pescoço dela,
fez uma reverência e a levou ao centro do grupo.
Depois, bateu palmas, o que deu início a uma rea-
ção em cadeia, e logo todos da equipe estavam
aplaudindo. Todos, menos Chad. Em seguida, Jay
liderou a equipe em uma reverência conjunta e todos, menos Chad, abaixaram-se diante de Lonnie.
Ela olhou longa e duramente para ele, que enfim
cedeu e fez sua reverência.

Lonnie estava pronta para seu novo papel.
Soprou o apito.

– Eu quero dez! – instruiu. – Vamos, rapazes.

Os meninos se abaixaram para fazer flexões e
começaram a contar.

Lonnie colocou um pé nas costas de Chad.

– Acompanhe o ritmo, Chad! – ordenou. –
Muito bem, Jay!

Jay sorriu para ela e baixou o corpo ainda
mais nas flexões, mostrando como era forte.

Lonnie riu, deu um passo para trás e soprou outra vez o apito.

— Está bem, o treino terminou — comunicou à equipe. — Deem o fora daqui e vão se preparar para o Baile.

A equipe se dispersou e correu para fora do anfiteatro.

— Ei, Jay — chamou Lonnie na arena.

Ele deu meia-volta e aproximou-se dela.

— Sim?

Lonnie sorriu.

— Espere até eu contar para a minha mãe.

Jay sorriu e deu um tapinha amigável no ombro dela.

— Vamos dar o fora daqui.

No quarto das garotas, Evie fazia as modificações no vestido de Mal.

Ela reuniu pedaços de tecidos e lamé dourado e olhou para a pilha de acessórios de cabelo feitos por Dizzy. Pegou uma faixa, virou-a e acrescentou uma faixa de couro. Era exatamente o toque de que o acessório precisava. Evie sorriu.

Doug bateu à porta entreaberta e entrou antes que Evie pudesse responder. Estava pálido.

– Tenho um emblema de escoteiro e muito mais – ele gritou. – Como você pôde ir acampar sem mim? Está se encontrando com outra pessoa? Doug estava tão irritado que sua boca tremia.

– O quê? Não! – Evie falou.

– É o filho do Feliz? – Doug indagou, dando outro passo para dentro do quarto. – Deixe--me contar, esse cara não é tão feliz quanto o pai. Aliás, é um tanto sombrio.

Evie segurou as mãos dele e lhe deu total atenção.

– Ben foi sequestrado na Ilha. Nós o resgatamos e salvamos Auradon.

– Então... você não está saindo com outro? – Doug perguntou aliviado.

Evie deu risada.

– Não seja Dunga.

Doug sorriu. Dunga podia ser seu pai, mas ele era Doug.

–Venha – chamou Evie. –Temos vestidos para entregar. Ela observou a faixa de cabelos e seus olhos brilharam. Então, encarou Doug. – E isso não é tudo. *Eu tive* uma chance, e agora preciso dar uma chance a alguém também.

– Meu tio Dengoso costumava dizer isso, mas bem baixinho – Doug contou.

Evie pegou os acessórios de cabelo de Dizzy, sorriu para Doug e saiu.

– Vamos resolver as coisas – ela disse.

No gramado, Carlos viu Jane correndo com seu tablet e falando ao celular. Ela usava o uniforme azul, branco e amarelo de animadora de torcida da Escola Auradon.

Carlos correu até ela e sorriu.

Jane retribuiu o sorriso e baixou o celular.

Antes que pudesse pensar duas vezes, ele simplesmente disse:

– É... Você quer... quer ir ao Baile comigo?

Jane não entendeu.

– Todos nós vamos tomar uma carruagem às seis horas – ela explicou. Então, voltou a falar ao celular: – Sim, não, não. Os acessórios de caneta ficam à esquerda.

– Não, eu quis dizer... é... *comigo* – Carlos apontou para si mesmo.

– Eu passo no seu quarto – ela falou, ainda sem entender. Então voltou a falar ao celular: – Não, não, não. Se você estiver no barco, olhando para a esquerda. Isso, isso, desse jeito. Não, não, não é à direita... É à esquerda!

– Bem... – Carlos falou, atraindo outra vez a atenção dela. – Vai ser mais complicado do que eu pensei – murmurou para si mesmo. – Jane?

— Sim?

Ele levou a mão ao celular de Jane e lentamente baixou o aparelho.

— Você quer... ser minha acompanhante no Baile? E, se não me odiar ao final do Baile, pensar na ideia de... talvez sermos mais do que apenas amigos... quem sabe?

Ele a observou com olhos arregalados, esperando a resposta.

O rosto de Jane foi tomado por um sorriso enorme.

— Tipo... namorado e namorada? E andar de mãos dadas em vez de empurrar um ao outro o tempo todo? E mandar mensagens de texto? E aí eu posso fazer elogios e dizer que você é maravilhoso? Porque, Carlos, você é... você é maravilhoso. E é superlindo e tão gentil e eu sou a menina mais sortuda do mundo!

Jane já dava pulinhos.

— Eu também — Carlos falou. — Quero dizer, sou o *cara* mais sortudo do mundo!

— Não, sério! — Jane exclamou.

— O cara mais sortudo — Carlos reforçou.

Jane deu um abraço enorme nele.

— Ah! — Carlos falou.

Ele precisou de um instante para processar o que estava acontecendo antes de também abraçá-la.

O celular de Jane vibrou e ela se afastou dele.

– Ai, desculpa! – E levou o celular ao ouvido. Mas continuou sorrindo para ele. – A gente se vê mais tarde? – perguntou a Carlos.

– Sim. Sem dúvida – ele respondeu.

E a viu passar pelas fileiras de cerca viva, indo na direção do colégio.

Dude balançava o rabo.

– Bom garoto! – o cãozinho disse a Carlos.

Carlos riu e o acariciou.

–Venha comigo, Dude. Vamos.

No dormitório dos meninos, Chad tirou uma coroa da impressora 3D de Carlos.

Ele usava sua camisa azul-clara com detalhes dourados e a incrível capa de pele falsa que Evie havia criado. Acrescentou a coroa falsa ao modelito real e admirou-se no espelho.

– Nada mal. Nada mal, mesmo. O que foi? Não, Audrey, eu ainda não escolhi a minha rainha. –Virou-se de costas para o espelho, virou-se outra vez para o espelho e piscou com um olho para sua imagem refletida.

Nesse momento, seu celular tocou. Chad foi até a mesa para olhar a tela. Era Audrey ligando. Ele pegou o telefone, derrubou-o no chão e abaixou-se para pegá-lo.

– Audrey! – exclamou.

Carlos apareceu na passagem da porta.

– Chad, isso está…

– Shh! Shh! – Chad resmungou, ainda abaixado.

– *Meu* quarto! – Carlos concluiu.

Chad ergueu um dedo enquanto ouvia a voz vinda do celular.

– Audrey? Sim? – E ficou de joelhos. – Ah, que maravilha! – Chad virou-se para Carlos: – Ela está com um pneu furado na Floresta de Sherwood e quer que *eu* vá trocá-lo.

Chad levantou-se e deu uma risadinha.

Carlos apertou os olhos para ele.

– A floresta fica a *seis* horas daqui.

– Só seis? – Chad falou ao telefone: – Chegarei aí mais cedo do que pensava.

E correu na direção da porta.

Carlos o parou.

– Ora… – Tirou a coroa de Chad. – Minha impressora, minha coroa. Obrigado.

Chad percebeu que não sairia vencedor dessa vez. Ao passar, lançou um olhar fulminante para Carlos, depois falou: – Já estou indo, Audrey!

E avançou pelo corredor.

– Nossa! – Carlos exclamou, fechando a cara.

23

BAILE. CHEGOU A HORA.
TENHO UM MILHÃO DE PENSAMENTOS NA CABEÇA,
MAS SÓ UM SENTIMENTO NO CORAÇÃO.
E ESPERO QUE MEU CORAÇÃO ESTEJA CERTO.

Só existe um evento mais importante do que a cerimônia de coroação de Ben: o Baile Real.

Para começar, o evento aconteceria em um iate branco e impressionante chamado *Amor Verdadeiro*, ancorado na marina. Imagens do brasão real de Auradon decoravam ambos os lados da embarcação. Pontos de luz dependuravam-se de longos cabos sobre o deque. Aqui e acolá havia pequenas mesas redondas com luminárias, deixando muito espaço para as pessoas dançarem. Um lance de escadas cobertas com tapete azul e dourado levava ao palco. Tudo estava incrível.

Os convidados embarcaram no iate diante de fãs e paparazzi e alguns deles – incluindo Evie e Doug – pararam diante da escada para conversar com jornalistas. Evie usava um vestido longo azul-escuro decorado com miçangas, uma capa azul longa, luvas vermelhas e um colar com uma pedra vermelha. Sua bolsa de mão era do formato de uma maçã envenenada e mordida. Para completar o visual, ela usava um acessório cravejado de rubis feito por Dizzy, preso na lateral de seu coque. E fazia poses para as câmeras.

Os jornalistas seguravam microfones diante dela.

– Evie, você está linda!

– Obrigada – ela agradeceu.

– O vestido é maravilhoso! A presilha, foi você quem criou?

– Não, não é criação minha – ela contou. – Muitos dos acessórios de cabelos desta noite são criações de uma designer nova e fabulosa, *Dizzy da Ilha!*

– Quem é o seu acompanhante?

– O *meu* Doug. – Evie estendeu a mão e Doug a segurou, aproximando-se. – Filho do Dunga.

De terno marrom e gravata borboleta, ele se posicionou ao lado de Evie e acenou.

Enquanto isso, na Ilha, no salão Corte & Tintura de Lady Tremaine, Dizzy acompanhava ao vivo as informações do Baile em uma velha TV de tubo. Depois que Evie citou que os acessórios de cabelos eram suas criações, Dizzy gritou toda alegre:

– Eu consegui! É obra minha!

Lady Tremaine bateu no teto do andar debaixo, como se dissesse "cale-se".

Dizzy levou a mão à boca e estremeceu ao ouvir aquele barulho.

– Foi mal, vó!

Deu meia-volta para olhar outra vez a TV. Não conseguia parar de sorrir.

Jane e Carlos desceram os degraus e chegaram ao deque, onde acontecia a festa. Passaram pela decoração com flores coloridas agrupadas em buquês brancos, amarelos e azuis enquanto seguiam a caminho da mesa onde pessoas serviam ponche de frutas. Carlos estava super bem-vestido, como de costume, com calças vermelhas até os joelhos e jaqueta de couro branca e vermelha. Jane usava um vestido longo e rosa, com um laço magenta na cintura.

Quando a Fada Madrinha avistou Jane e Carlos, seu rosto se iluminou.

— Jane! Jane! Aí está você, minha querida! — Fada Madrinha foi da mesa de bebidas à pista de dança, balançando a varinha mágica e parecendo uma verdadeira fada com seu vestido azul-claro e capa presa ao pescoço com um laço de seda clara. — Tudo ficou lindo, meu amor, mas precisamos tirar o ponche antes que o sorvete derreta.

— Mãe — Jane chamou.

Fada Madrinha olhou com expectativa para ela.

— Eu tenho um acompanhante — Jane contou, sorrindo.

Fada Madrinha ficou de queixo caído, depois riu.

— Um *acompanhante?*

Jane assentiu.

— *Sério!*

Fada Madrinha olhou para Carlos, depois para o deque, procurando.

Todo desajeitado, ele olhou em volta.

Fada Madrinha apoiou a mão no ombro dele.

— Você também está com alguém?

— Sim — ele respondeu, apontando para Jane.

— Não brinca! — Fada Madrinha exclamou, sorrindo.

Carlos deu risada.

— Sim.

Fada Madrinha olhou outra vez em volta, sem entender direito.

— Mãe! — Jane segurou as mãos de Carlos.

Fada Madrinha observou as mãos dadas. Depois, olhou para os rostos de Jane e Carlos e se deu conta.

— Bibbidi-bobbidi! Ah! — exclamou com um sorriso enorme.

Carlos deixou escapar uma leve risada. Olhou Jane nos olhos e assentiu na direção da pista de dança.

—Você primeiro.

Jane foi com Carlos e os dois dançaram no deque. Ele a girou e beijou sua mão. Evie e Doug também estavam ali dançando, assim como Jay, que mexia o corpo com um grupo de garotas. Jay estava lindo com seu paletó de couro vermelho e dourado e luvas carmesins. As garotas babavam. Ele foi dançar com Lonnie, que usava um macacão coral com uma saia aberta longa.

A música parou, atraindo a atenção de todos. Rapazes usando ternos amarelo-claros formaram fila na escada do iate e, com um único movimento conjunto, ergueram seus trompetes e começaram a tocar.

Todos os olhos se voltaram para Lumière no topo da escada. Ele tinha cabelos grisalhos e finos, mas continuava parecido com o candelabro em que fora transformado no passado. Naquela noite, usava terno branco com dragonas de ouro e uma gravata borboleta dourada.

– O futuro... *Lady Mal!* – Lumière anunciou.

Mal surgiu no topo da escada.

Estava deslumbrante com seu vestido amarelo cravejado de gemas azuis, tule azul e amarelo e uma capa brilhante que se arrastava no chão. Evie havia tornado o look um pouco mais arrojado ao acrescentar uma pulseira de couro, botas e um adorno que parecia uma coroa nos cabelos. Os fios roxos de Mal estavam presos em uma linda trança lateral que caía por sobre o ombro. Ela olhou para baixo, para todas as pessoas que silenciosamente a observavam do deque. Seu coração acelerou. A multidão respondeu aos cabelos roxos de Mal murmurando surpreendida, mas esses murmúrios foram abafados pelos amigos de Mal, que bateram palmas e vibraram. Outros passaram a acompanhá-los. Os fotógrafos apontaram todas as câmeras – de foto e de vídeo – para Mal.

Lumière posicionou-se ao lado dela.

–Vamos lá, garota! – ele sussurrou.

Mal deu risada. Observou outra vez a coroa.

Onde está Ben?

Então ela desceu os degraus na direção do deque, enquanto todos aplaudiam.

A Bela e a Fera cumprimentaram Mal na base da escada. Fera, com seu terno azul-royal e faixa dourada e seus óculos pretos e dourados costumeiros, segurou a mão trêmula de Mal.

– Olá – Mal saudou, sendo reconfortada por ele.

– Ben já está chegando – avisou a Fera. –Você está linda!

Bela usava um vestido dourado e uma coroa de ouro incrustada com cristais. Também segurou a mão de Mal e abriu um sorriso caloroso.

– Superlinda – Bela falou. – Sei que ficamos em choque no primeiro momento, mas você... você é exatamente o que Ben precisa.

Ela estava se referindo ao evento do Dia da Família, quando Ben anunciou a Bela e Fera que Mal era sua nova namorada. O fotógrafo capturou as expressões de choque geradas pela notícia.

Fera deu um abraço em Bela.

– E, para a minha sorte, ela não acredita em primeiras impressões – ele contou.

Os três riram, mas o nervosismo transpareceu no riso de Mal.

Evie podia sentir que Mal estava apreensiva. Sempre supercompanheira, correu até onde Mal estava.

– Oi! – Ela guiou a amiga pelo deque. – Como está se sentindo?

Mal olhou para as câmeras e os convidados.

– Sentindo que vou vomitar – respondeu.

– Está tudo bem. Nós estamos aqui com você – Evie lembrou-a.

Mal segurou a mão da amiga. Os músicos tocaram mais de sua fanfarra. Era um grande momento para os FVs. Mal e Evie sorriram uma para a outra.

Lumière anunciou:

– Rei Benjamin!

Ben apareceu no topo da escada usando uma jaqueta azul-royal com detalhes em ouro. A fivela de seu cinto trazia o emblema de uma besta dourada. Seus cabelos castanhos caíam pela testa, abaixo da pesada coroa de ouro, e os olhos azuis brilhavam como estrelas. Estava mesmo parecido com um rei.

Todos aplaudiram. Mal não conseguia parar de olhá-lo. Ele desceu os degraus e parou na base da escada.

– Vá encontrá-lo – Evie sussurrou para a amiga.

Mal deu um passo adiante.

Ben passou por seus pais sem olhar para eles.

— Entendi... — Bela balbuciou para Fera.

Mal fez uma reverência para Ben.

— Mal — ele disse, ajeitando o corpo após também fazer uma reverência. — Eu queria ter tido tempo para explicar...

Virou-se e olhou para o topo da escada.

Mal abriu um sorriso.

Teria algo a ver com todas aquelas conversas nada secretas que Ben vinha tendo com Jane?, Mal se perguntou em silêncio.

Então seus olhos ficaram arregalados e seu queixo caiu. A multidão arfou em choque.

24

UMA? AQUI, NO BAILE?
É, VOU OFICIALMENTE VOMITAR. E NÃO É
PORQUE ESTOU EM UM BARCO.

Uma brilhava em um vestido azul e dourado de rabo de sereia quando apareceu na grande escada.

Seu vestido era simplesmente maravilhoso, com camadas de tule azul e telas delicadas costuradas ao tecido. Os cabelos estavam presos em um coque e ela usava luvas escuras e segurava uma bolsa de mão turquesa. O colar de conchas douradas brilhava em seu peito. Uma sorriu gentilmente para Ben e desceu as escadas para encontrá-lo.

Ben beijou o anel com a cabeça de uma fera no dedo de Uma.

Mal assistiu à cena com lágrimas nos olhos.

Ben e Uma deram os braços, e ele a levou até Mal.

— Desculpa. Tudo aconteceu rápido demais — Ben disse a Mal.

Ela o encarou.

— Alguma coisa aconteceu quando eu estava na Ilha com Uma. — Ben lançou um olhar cheio de sonhos para a recém-chegada. — Uma ligação.

Uma sorriu para ele.

Mal balançou a cabeça.

— Desculpa, mas… do que você está falando?

— Estou dizendo que… — Ben começou.

— Foi amor! — Uma sorriu para Mal. — Eu só… Eu percebi que Ben e eu somos muito parecidos, entende?

— Somos, mesmo — Ben confirmou.

— É claro que somos! — Uma sorriu.

Mal olhou para Ben.

— Ben!

Uma sorriu e puxou Ben para perto.

— Ben — Mal falou um pouco mais alto.

Ele olhou para ela.

— Você *voltou* para buscá-la? — Mal perguntou.

— Ele não precisou — contou Uma. — Eu mergulhei pela barreira antes de ela fechar. Sou uma excelente nadadora... Ouça, Mal, eu só quero agradecer. De verdade. — E deu outra risadinha. — Por tudo. Só... obrigada.

Ela deu um abraço teatral em Mal, um abraço tão apertado a ponto de fazer Mal tremer.

— Você não está vendo, Mal? — Ben falou. — Nós estávamos certos. Entende? Você sabia que nós dois não podíamos ficar juntos. Por isso nunca me disse que me amava. Obrigado.

Mal o encarou. Estava sem palavras.

Uma abriu um sorriso enorme para Ben, que mantinha uma expressão petrificada no rosto. Eles se uniram e dançaram valsa pelo deque. Evie levou sua amiga, ainda espantada, para longe deles.

Mal estava abatida e não conseguia tirar os olhos de Ben. Carlos segurava um dos braços dela enquanto Evie segurava o outro, oferecendo suporte. Eles assistiram a Uma e Ben dançando a valsa do Baile diante de uma multidão surpresa.

— Não anima saber que arrisquei minha vida por ele — Carlos comentou amargurado.

Lonnie juntou-se a eles.

— Bem, a gente está aqui com você, Mal.

E apoiou a mão no braço de Mal.

Jay também se aproximou.

—Vamos sair deste lugar. Vamos.

A multidão rapidamente abriu caminho quando eles seguiram na direção das escadas para irem embora. A Bela e a Fera ficaram de queixo caído ao verem Mal ser levada para fora.

— Mal! – gritou a Fera, fazendo-a parar.

— A gente sente muito, querida. Não tínhamos a menor ideia de nada disso – falou Bela.

— Eu vou conversar com ele – Fera prometeu.

De repente, Jane subiu correndo as escadas na direção de Lumière, que continuava ali no topo.

— Lumière! Lumière! Revele o presente! Eles precisam ver agora! Agora! – ela gritava.

— E agora, a revelação da obra-prima do Rei Ben, criada especialmente para sua dama – anunciou Lumière, apontando para que um guarda do outro lado do deque mostrasse a obra de arte enquanto a fanfarra continuava tocando.

Mal, Evie, Jay, Lonnie e Carlos, agora acompanhados por Jane e Doug, congelaram na escada.

Uma e Ben viraram-se.

E assistiram ao guarda do outro lado puxar uma corda. Uma cortina azul-royal caiu, revelando o vitral que Ben havia encomendado para Mal.

Os olhos dela ficaram outra vez cheios de lágrimas.

25

BEN ME AMA. SEU PRESENTE PROVA ISSO. E, POR MAIS QUE PAREÇA UMA LOUCURA, EU TAMBÉM AMO BEN.

O vitral mostrava um nascer do sol com Ben e Mal.

À direita, Ben usa o terno azul-royal com dragonas e coroa de ouro. Está com a mão estendida para pegar a de Mal. À esquerda, Mal, com cabelos roxos longos e uma coroa de ouro, usa um vestido também roxo e uma capa que envolvia seu corpo. Não era a dama da corte perfeita. De forma alguma. A imagem mostrava a Mal de verdade, com a glória de seus cabelos roxos e olhos verdes. Os convidados aplaudiram. Mal não conseguia parar de olhar o vitral. Sabia que Ben tinha passado meses planejando e trabalhando naquele painel. Ela não conseguia acreditar no que estava diante de seus olhos.

Ela falou com Evie:

— *Ben* fez aquilo?

— Sim, foi ele — Evie respondeu.

— Evie — Mal segurou a mão da amiga. — Ben sempre soube quem eu era de verdade.

— E ele ama quem você é de verdade, M. — Evie afirmou, olhando para ela.

— Um amor verdadeiro — disse Mal, olhando impressionada o vitral.

— Sim — Evie sorriu.

— Eu bem que falei — disse Carlos.

Mal deu risada.

Ben olhou para o vitral, sua expressão distraída transformando-se em contemplação.

Uma marchou até as escadas.

— Cubra aquela coisa! — rosnou.

— Não vou cobrir nada — retrucou Lumière.

Uma sorriu e virou-se a fim de olhar para Ben.

— Por que você não conta a todos o presente que tem para *mim*, Ben?

Ben aproximou-se das escadas.

— Tenho um anúncio a fazer — declarou.

Fera tirou os óculos e começou a descer as escadas na direção do rapaz.

— Esta noite, Uma se juntará à corte como minha dama.

Ben segurou a mão da recém-chegada.

Sem palavras, Mal ficou olhando. *Depois de tudo aquilo?*

Fera chegou ao deque.

— *Filho!* — rugiu.

— *Agora não, Pai* — Ben rosnou em sua voz mais selvagem.

A multidão assustada congelou.

Ben virou-se para seus súditos:

— Então, como meu presente a ela, vou derrubar a barreira de uma vez por todas.

Ele olhou nos olhos de Uma, que abriu um sorriso enorme.

De queixo caído, Mal e Evie encararam uma a outra.

Na Ilha dos Perdidos, o grupo de piratas de Uma acompanhava ao vivo as notícias do Baile. Assistiram a Lumière anunciando Uma.

— Mateys — falou Harry, em cima do balcão. — A gente navega conforme a maré!

Os piratas celebraram e gritaram. Deram socos na mesa e chutaram e bateram as mãos enluvadas. Harry aproximou-se de Gil. Os piratas dançaram, celebraram triunfantemente como se estivessem no iate.

Sua hora tinha chegado.

— Fada Madrinha, derrube a barreira! — Ben berrou.

A boca da Fada Madrinha agora formava um círculo perfeito.

— De jeito nenhum! — ela retrucou, agarrando a varinha com força.

— Eu sou o seu *rei* — Ben declarou.

— Obedeça a ele — Uma exigiu.

— Derrube a barreira — Ben rugiu.

Os olhos de Mal se iluminaram.

— Pessoal! — sussurrou com seus amigos na escada enquanto se abraçavam. — Pessoal, ele foi enfeitiçado.

— Uma encontrou o seu livro de feitiços! — Evie sussurrou.

O grupo deu meia-volta e viu Ben segurando a mão de Uma e olhando-a nos olhos.

Mal deslizou o olhar pela multidão. Viu a imagem refletida no vitral. Naquele momento, ela se deu conta do que precisava fazer.

Mal encarou Ben.

— *Ben!* — ela sorriu e parou diante dele.

Todos esperaram para presenciar o que estava por vir.

– Ben! Olhe para mim – Mal implorou.

Ele se virou na direção dela.

– Não! Olhe aqui! – Uma ordenou, parada ao lado de Mal. –Você me ama, lembra?

– Não ama, não – Mal disse a ele.

– Sim, ama, sim! – Uma gritou.

– Ben, olhe para mim – pediu Mal.

Uma virou-se para a Fada Madrinha e ordenou:

– Derrube a barreira!

– Eu *não* recebo ordens suas – retrucou a Fada Madrinha.

– Ben! – Uma chamou.

Ben continuou olhando para Mal, agora duro feito pedra.

Mal deu um passo após o outro, aproximando-se dele.

– Ben, eu nunca disse que te amava porque não acreditava ser boa o suficiente para você. Pensei que fosse só uma questão de tempo para você ver que…

– Ai, menos, por favor! – Uma virou os olhos.

Mal apontou para o vitral.

– Mas, Ben, aquela sou eu! Eu sou parte Ilha e parte Auradon…

– Ben, olhe para mim – Uma pediu com um sorriso.

Os olhos de Mal ficaram cheios de lágrimas.

– E você nos viu pelo que realmente somos e pelo que podemos ser...

–Você *me* ama – Uma interrompeu.

– E Ben... Agora eu sei o que é o amor – Mal confessou.

– Não ouça o que ela diz, Ben. Não ouça – insistiu Uma.

– Mas, Ben, é claro que eu te amo. É claro que te amo. Sempre amei você.

Mal o beijou.

Uma se afastou, analisando a cena.

Em seguida, Mal se distanciou e olhou direto nos olhos de Ben, que de repente pareceram clarear.

Ben sorriu para ela.

– Minha Mal.

– O Beijo do Amor Verdadeiro – Evie disse para si mesma, sorrindo. – Funciona toda vez.

A multidão vibrou.

Uma correu até a Fada Madrinha.

– Me dê aqui essa varinha!

Fada Madrinha ergueu a varinha mágica para que Uma não pudesse alcançá-la.

– Ah-ah-ah. – E chamou os guardas. – Peguem essa menina!

A multidão cercou Uma, mas ela rapidamente correu até a grade.

Mal ergueu os braços para conter os guardas.

– Não! Não! Não! Parem!

Embora não gostasse de sua rival, Mal tinha a impressão de que prender a garota não era a solução.

Uma encostou-se à grade e encarou Mal e o resto da multidão.

– Uma, eu conheço você. E sei que é muito mais do que só uma vilã – Mal falou. – Acredite em mim, eu já estive no seu lugar. Não deixe seu orgulho impedi-la de conquistar o que realmente quer. – Mal deu um passo na direção de Uma, e mais um passo. – Entendeu?

A recém-chegada a encarou e tocou seu colar de conchas, que tinha começado a piscar. Em seguida, virou-se, levou a mão à grade e subiu no corrimão.

Mal deu um salto para impedi-la.

Todos atrás dela gritaram e também avançaram adiante.

Mas era tarde demais.

Uma tinha pulado do iate.

Todos correram até o corrimão, incluindo Mal, agora de queixo caído. Ben estava de olhos arregalados. Carlos, Jay, Lonnie, Jane, os guardas e os demais convidados olharam uns para os outros, murmurando. De repente, todos viram algumas

bolhas no mar lá embaixo, e as bolhas se transfor-
maram em água fervente e aí... e aí...

Uma saiu das ondas com tentáculos enormes,
como uma bruxa do mar.

26

PENSE EM UM EXAGERO! CAMARÔNICA FICOU
MUITO MAIOR DO QUE O QUE VOCÊ PENSOU.
ACHO QUE A BRUXA DO MAR NÃO CONSEGUE SE
LIVRAR DAQUELES TENTÁCULOS ASQUEROSOS.

Uma lançou uma onda na direção do iate, fazendo todo mundo tremer.

Depois, desapareceu debaixo das ondas e emergiu outra vez.

– Um Beijo do Amor Verdadeiro não vai derrotar *isso!* – ela rugiu, rindo. – O mundo inteiro vai conhecer o *meu* nome!

Empurrou seus braços para trás e agitou os tentáculos longos e nojentos. Um deles quase arrastou Evie para dentro do mar, mas ela conseguiu desviar. Outro foi na direção de Lonnie e Jane, que também conseguiram se esquivar. Com as mãos na cintura, Uma gargalhou; então cruzou os braços, pronta para atacar outra vez.

Mal assistiu a seus amigos evitarem os ataques de Uma. Fechou os punhos. Seus olhos brilhavam com um verde forte, os cabelos mexiam com magia, e aí...

Mal desapareceu em uma explosão de fumaça roxa. E se transformou em um dragão gigante.

Agora tinha escamas púrpuras iridescentes e uma barriga verde-bile, além de garras e dentes afiados e uma cauda longa e pontiaguda.

Malévola ficaria muito orgulhosa se estivesse ali para ver.

Todos no iate ficaram de queixo caído.

Mal fixou seus olhos verdes brilhantes nos da enorme bruxa do mar.

— Mostre o que sabe fazer, Mal! — Uma desafiou, balançando seus braços e tentáculos enquanto Mal voava. — Vamos acabar com isso de uma vez por todas.

Mal abriu suas enormes asas verdes e roxas e voou sobre Uma, soltando chamas pela boca. O pessoal no iate se abaixou para se proteger do calor. Uma foi para debaixo da água, sacudindo violentamente o iate de um lado para o outro. Todos dentro da embarcação cambalearam primeiro para um lado, depois para o outro.

Ben já tinha visto o suficiente. Rugiu com ferocidade, tirou a coroa e a jaqueta e correu até o corrimão. Apesar dos gritos dos convidados, Ben lançou-se ao mar. Voltou à superfície da água em meio ao duelo das duas gigantes.

— Parem! — Ben gritou. — Mal! Uma! Parem já com isso! — Seus olhos iam de um monstro gigantesco ao outro. — Parem com isso agora mesmo!

Mal e Uma deixaram de se encarar e olharam para Ben.

Uma gargalhou.

— O que você vai fazer, Ben? *Jogar água em mim?*

Os olhos de Mal brilharam ainda mais enquanto ela pairava sobre Ben e encarava Uma. Suas asas de dragão batiam furiosas.

— Já chega! Isso aqui não é a solução para nada! Essa briga precisa acabar de uma vez por todas! — Ben gritou. Olhou para Mal: — Ninguém sai ganhando com isso. Precisamos ouvir e respeitar uns aos outros. Não vai ser fácil, mas sejamos corajosos o suficiente para tentar.

Uma virou os olhos.

O brilho verde desapareceu das íris de Mal, que ajeitou o corpo.

Ben virou-se para Uma:

– Uma, sei que você quer o melhor para a Ilha! Então me ajude a fazer a diferença!

Todos os que estavam junto à grade do iate assistiram em silêncio enquanto Ben estendia a mão para Uma.

Ela parecia abalada. Seus olhos se suavizaram. Então, estendeu um tentáculo na direção de Ben e agora estava prestes a tocar a mão do rei de Auradon. Em vez disso, porém, ela soltou o anel na mão dele.

Ben a viu mergulhar silenciosamente.

E então Uma desapareceu.

A multidão a bordo do iate avistou a cabeça da criatura ao longe e todos puderam respirar aliviados. As nuvens se abriram e o céu brilhou com milhares de estrelas. Ben desviou o olhar de Uma e nadou de volta até o iate. Jay e Carlos seguraram uma escada, e um Ben ensopado subiu por ela. Todos vibraram por ele. Depois, Mal voou e pairou sobre eles.

Suas asas se fecharam. E aí...

POOF!

Todos ficaram boquiabertos.

Ela desapareceu em uma onda de fumaça roxa. E ressurgiu em pé no iate, diante do vitral. Era Mal outra vez, mas não exatamente a mesma Mal. Seus cabelos eram longos, pesados e roxos. Usava o vestido roxo desenhado no vitral, com a capa roxa e as impressionantes camadas de tecido tão longas a ponto de tocar o chão. O vestido chamuscava ao tocar o deque molhado. Mal usou as mãos para acalmar as brasas, fazendo a multidão gargalhar. Uma coroa de ouro brilhava em sua cabeça. Ela fez uma cortesia para Ben, que retribuiu o gesto. Mal sorriu e depois riu abertamente. A fanfarra tocou e os guardas a seguraram pelos cotovelos e a acompanharam, descendo as escadas enquanto a multidão a aplaudia.

Evie a encontrou lá embaixo, e Mal sorriu.

— Eu não sabia que era capaz de fazer aquilo — Mal confessou.

Evie deu risada.

— Nem eu! — Assoprou mais algumas brasas no vestido de Mal. — Vamos? — perguntou, estendendo a mão.

— Vamos — Mal concordou enquanto segurava a mão da amiga e andava para encontrar Ben.

Ela foi direto aonde ele estava e o beijou.

Todos vibraram e aplaudiram.

— Está bem, já chega — falou Carlos, fazendo todo mundo dar risada.

Fera os observou todo orgulhoso.

— O que acha desse nosso menino? — disse a Bela.

— O que acha da *namorada* dele? — Bela respondeu, abrindo um sorriso afetuoso. — Estamos em boas mãos.

— Eu devo muito a vocês todos — Ben falou à multidão. — Se houver algo que eu possa fazer, ou alguma coisa de que precisem, por favor...

— Hum... Na verdade, tem uma coisa que você pode fazer, sim, Ben — respondeu Evie.

— Conheço uma menina que adoraria vir a Auradon. Dizzy, filha de Drisella. Ela é como uma irmã mais nova para mim e...

Ben assentiu.

— Então ela deve vir.

— Sim! Sim, ótimo! — celebrou Evie.

Todos vibraram.

— Na verdade, tem muitas crianças que adorariam Auradon. Pessoas como nós, que também merecem uma segunda chance. Será que posso fazer... uma lista para você?

— Sim, sim! Sem dúvida! — exclamou Ben. — Por favor!

Evie abriu um sorriso enorme enquanto a multidão aplaudia.

Um guarda se aproximou de Mal, levando o livro de feitiços.

— Minha dama, Mal.

— Sim — ela respondeu.

— Encontramos seu livro de feitiços no andar inferior — ele contou. — Estava com Uma.

— Ah! — Mal segurou o livro e examinou a capa, que tinha o dragão dourado envolto por um anel feito com os sprays verde e roxo dela. — Obrigada. Hum...

Mal olhou demorada e cuidadosamente o antigo livro em couro que sua mãe usara no passado, e que ela própria vinha usando nos últimos tempos para tentar se transformar na princesinha perfeita.

Todo esse fingimento havia chegado ao fim. Mal estava livre para ser quem ela realmente era, e Ben a amaria assim.

— Sabe, esse parece ser o tipo de coisa que pertence à Fada Madrinha. Fada Madrinha!

A fada posicionou-se entre o guarda e Ben.

— Me chamou? Com licença. Obrigada.

— O lugar disto aqui é em um museu — anunciou Mal, entregando o livro a ela.

— Sim, e é para lá que vou levá-lo.

Fada Madrinha colocou o livro de feitiços debaixo do braço e se misturou toda alegre à multidão.

Mal olhou para Ben.

– Não vou mais precisar daquele livro.

Ela se aproximou do garoto e, em tom de brincadeira, chutou um pouco de água na direção dele.

Ben sorriu e chutou água na direção de Mal. Ela gritou, toda alegre, e se virou.

Quando Mal voltou a olhá-lo, Ben estava com um sorriso enorme no rosto. Ela segurou a coroa e a colocou meio torta na cabeça dele. Então, em um gesto cheio de carinho, encostou sua testa à de Ben.

27

E, NO MAIOR ESTILO "FELIZES PARA SEMPRE",
CELEBRAMOS A NOITE TODA.
PORQUE TODA BOA HISTÓRIA TERMINA COM
FESTA E DANÇA, CERTO?

Antes que Mal se desse conta, todo mundo estava jogando água nela e se divertindo muito.

A música começou a tocar e uma alegria contagiante se espalhou pelo deque. Ensopados e com água sendo atirada por todos os lados, os convidados rodopiavam e requebravam. Carlos fez passos de break-dance no meio do deque, depois foi dançar com Jane. Lonnie e

Jay tomaram a pista, seguidos por Evie e Doug, depois por Ben e Mal. O pessoal se reuniu em volta deles, vibrando e jogando água na direção do grupo. Lá em cima, as estrelas brilhavam como se fossem mágicas.

Em seu coração, Mal agora tinha aprendido que era forte, que era corajosa, e tinha fé. Nunca mais se esconderia. Havia olhado profundamente dentro de si e, de agora em diante, seria ela mesma: parte Ilha, parte Auradon. Pensou em *Modos e Maneiras para Damas* e deu risada. Esse era outro livro que ela ficaria feliz em nunca mais abrir.

Mal e Ben se abraçaram. Depois, ele colocou o anel com a cabeça da besta no dedo dela. Estavam prontos para enfrentar o futuro – juntos. Subiram no topo da escada com vista para o deque. Os fogos de artifício iluminavam o céu. Era mesmo um final feliz. Ela se virou para ver seus amigos e, com Ben, acenou para eles.

Mal era a dama da corte. E era perfeita sendo quem era. Todos sabiam disso.

E, o mais importante, agora ela própria também sabia.

EPÍLOGO

No dia seguinte, Dizzy varria o salão Corte & Tintura de Lady Tremaine.

O salão estava vazio. Passos ecoaram. A garota ergueu o olhar e se deparou com os mensageiros reais entrando, sorrindo e usando ternos amarelo-claros. Um deles entregou um rolo de papel para ela.

Dizzy tirou os fones dos ouvidos, olhou para o papel e o desenrolou. Percebeu o brasão de Auradon na parte superior e que era uma nota digitada, com apenas duas linhas escritas à mão na parte inferior.

Dizzy leu em voz alta:

— "Por meio deste documento, Vossa Majestade, o Rei Ben de Auradon, e sua conselheira, Evie da Ilha, requerem a graça de vossa companhia, Dizzy Tremaine, no atual ano acadêmico da Escola Auradon!" — A voz de Dizzy ficava cada vez mais alta e mais cheia de animação. — "Por favor, informe aos mensageiros de Vossa Majestade sua resposta a este pedido. Adoraríamos que se unisse a nós na Escola Auradon. Você vem? Assinado Rei Ben."

Dizzy gritou. Abraçou o mensageiro real, que abriu um sorriso. Gritou outra vez. Lá em cima, sua avó malvada bateu no chão e berrou:

— Cale-se!

Dizzy gargalhou e sorriu. Olhou outra vez para o rolo de papel. Os mensageiros deram meia-volta e saíram.

Ela correu para fazer as malas.

Dizzy finalmente iria a Auradon.

Não distante da Ilha, Uma emergiu das ondas e viu a festa acontecendo no navio iluminado ao longe. Ela sorriu e falou:

— O quê? Você não pensou que essa história terminaria assim, pensou?

Então, gargalhou e mergulhou outra vez.

E, com uma leve ondulação da água, desapareceu.